Die Nacht zum 24. August 1572 war eine Nacht des Terrors. Katharina von Medici ließ in Paris 2000 Hugenotten ermorden, in den folgenden Wochen wurden weitere 20000 umgebracht. Heinrich Mann beschreibt in seinem historischen Roman, den er Mitte der dreißiger Jahre des vergangenen Jahrhunderts verfaßt hat, das korrupte, von Intrigen und Machtkämpfen beherrschte Hofleben. Die Anspielungen auf die Gegenwart, auf das nationalsozialistische Terrorregime sind deutlich erkennbar. »Margot«, ein Kapitel aus der Lebensgeschichte des Königs Henri IV., ist ein Aufruf zur Menschlichkeit, die dem Terror gegenübergestellt wird.

Heinrich Mann, geboren am 27. März 1871 in Lübeck, veröffentlichte 1894 seinen ersten Roman, *In einer Familie.* Es folgten *Im Schlaraffenland,* die Trilogie *Die Göttinnen,* 1905 schließlich sein in wenigen Monaten niedergeschriebener Roman *Professor Unrat,* dessen Verfilmung mit Marlene Dietrich unter dem Titel »Der blaue Engel« Heinrich Mann weltberühmt machte. Die Romane *Die kleine Stadt* (1909) sowie *Der Untertan* (1918) wurden große Erfolge. Im Exil entstanden der monumentale zweibändige Roman *Die Jugend des Königs Henri Quatre* sowie *Die Vollendung des Königs Henri Quatre* (1935/1938). 1940 gelang Heinrich Mann die Flucht in die USA. 1949 nahm er die Berufung zum Präsidenten der neu gegründeten Akademie der Künste in Ost-Berlin an, starb aber 1950 noch in Kalifornien.
Sein Werk erscheint bei S. Fischer und im Fischer Taschenbuch Verlag. Unter dem Titel *Der Bruder. Heinrich Mann* liegt die von Willi Jasper verfaßte Biographie vor.

Heinrich Mann

Margot

Die Bartholomäusnacht

Fischer Taschenbuch Verlag

»Margot« ist das Kapitel IV des Romans *Die Jugend des Königs Henri Quatre,* dessen Erstausgabe 1935 im Querido Verlag N. V., Amsterdam, erschienen ist.
Textgrundlage dieser Ausgabe ist Band 11 der *Gesammelten Werke* Heinrich Manns (Akademie-Ausgabe des Aufbau-Verlages; Bearbeiterin: Edith Zenker, Redaktion: Sigrid Anger, 2. Auflage, Berlin und Weimar: Aufbau-Verlag 1974), die identisch ist mit der Ausgabe des Romans innerhalb der Heinrich Mann-Studienausgabe (*Die Jugend des Königs Henri Quatre,* Studienausgabe in Einzelbänden, Herausgegeben von Peter-Paul Schneider, Fischer Taschenbuch Verlag, Bd. 10118, Frankfurt am Main 1991).

Veröffentlicht im Fischer Taschenbuch Verlag,
ein Unternehmen der S. Fischer Verlag GmbH,
Frankfurt am Main, Mai 2002

Satz: Fotosatz Otto Gutfreund, Darmstadt
Druck und Bindung: Clausen & Bosse, Leck
Printed in Germany
ISBN 3-596-15588-6

Margot

Auf hohem Gerüst frei dargeboten

Großer Festtag heute Montag, den achtzehnten August: die Schwester des Königs heiratet, es soll ein Prinz aus weiter Ferne sein, schön wie der lichte Tag und reich wie Pluto selbst, denn in seinen Bergen wächst das Gold. Hergereist ist er mit ganzen Ladungen Goldes, seine Reiter starren von Gold, gleich ihren Pferden. Das Gerücht war dem Prinzen weit dort hinten zu Ohren gekommen, daß unsere Prinzessin wohlgestaltet und gelehrt wie keine andere Königstochter ist. Ein berühmter Astrologe hatte sie ihm im Zauberspiegel gezeigt, sie lächelte, sie sprach, und sieh, er konnte nicht widerstehn ihrer Stimme, ihrem Blick: er machte sich auf den weiten Weg.

Man hätte die Fenster nicht schließen und die Läden nicht vorlegen sollen letzte Woche, als der Prinz und sein zahlloses Gefolge in Paris einritten. Wenigstens hätten wir mit Augen gesehen, was wahr ist. Man hört verschiedenes. Überfälle auf anständige Bürger waren kürzlich zu beklagen, einigen sind die Taschen abgeknöpft worden von den Räubern, die Hugenotten heißen. Wir gehn aus Vorsicht nicht mehr auf die Straße, wenn es dunkel wird, man kann nicht wissen. Gegen die Ordnung und das Recht verstößt noch mehreres. Unser König verheiratet heute seine Schwester an den fremden Herrn, der einer der Ketzer und sogar ihr König sein soll. Ist das von Gott erlaubt? Unser Pfarrer speit dagegen Gift und Galle. Aber der Papst hat eingewilligt, wie sie sagen. Ist das möglich? Da stimmt etwas nicht. Die Hugenotten werden unseren König bedroht und gezwungen haben, und das

Schreiben des Heiligen Vaters haben sie gefälscht. Ihre List und Gewalttaten sind bekannt. Seit unvordenklichen Zeiten, schon als wir Kinder waren, führen sie Krieg gegen die Katholiken, plündern und brennen im Land, auch den König haben sie bedroht, aber auf einmal ist Hochzeit. Das muß schlecht enden! Es gibt Vorzeichen!

Heute abend mach ich mein Haus noch fester zu. Gestern zur Nacht sollen die Großen im Schloß unseres Königs getafelt und getanzt haben zu Ehren der Verlobung. Man hat den Louvre erleuchtet gesehn, wie vom Höllenfeuer selbst. Die Braut aber ist verschwunden, so wird behauptet, wie vom Teufel geholt. Man darf nicht alles glauben. Sie hat weit eher im bischöflichen Palast geschlafen gegenüber der Kathedrale, wo sie heute getraut wird und soll die Messe hören. Der Hof wird einen nie vorgekommenen Prunk zeigen, und das Brautkleid kostet soviel wie zwei Häuser in Paris. Das muß man gesehn haben. Viel Volk und alle ehrbaren Leute sind unterwegs. Die Sonne scheint. Gehn auch wir!

Dies dachten und sprachen sowohl das Volk wie die ehrbaren Leute, als sie nach verfrühter Mittagsmahlzeit von allen Seiten der Stadt hinstrebten zu der Kirche Notre-Dame. Sie dachten und sprachen nicht etwa der eine ganz entgegengesetzt dem anderen, sondern im Verlauf des Weges sagte jeder alles und widersprach sich einige Male. Das kam daher, daß sie von Neugier und Vorfreude erfüllt waren und das Verschiedenste auf einmal erwarteten, Erbauliches, Schreckliches, Pracht, Unheil. Auf die kommenden Ereignisse übertrug die Menge ihre übliche Unruhe, vor der zwar jeder das eigene Haus bewahrt, aber auf der Straße ergeben sich ihr widerstandslos sowohl Volk als ehrbare Leute.

Erstens verstößt es schon gegen das Gesetz der Menge, wenn sie aufgehalten wird. Von selbst will sie nur immer weiter, was auch daraus wird. Unbesehn stieße sie die festlichen Holzbauten um, auf dem Platz vor der Kathedrale. In Voraussicht dessen ist Schweizer Wache da, mit quergehaltenen Hellebarden drängt sie die Menge zurück in die Mündungen der Straßen. Weder Bitten noch Verwünschungen berühren diese Fremden, weil sie nichts verstehen. Sie sind vierschrötig, werden durch keulenförmige Ärmel noch breiter, und ihre farblosen Bärte liegen auf Wämsern, die besonders bunt sind. Sie haben den Tritt von Bären; wer schnell und gewandt ist, kann sie überlisten. Viele kommen denn auch durch, wäre es nur kriechend unter den Schäften der Spieße. Zuletzt wird man immer zurückgejagt, vorher aber sieht man, sperrt die Augen auf und sofort streitet man, weiß es besser, weiß überhaupt viel und zerreißt sich den Mund.

»Wir von der Innung der Zimmerleute sind natürlich die ersten Unterrichteten. Wir haben vor dem Hauptportal der Kathedrale das große Gerüst erbaut, darauf soll unsere Prinzessin Margot mit dem Herrn König von Navarra öffentlich getraut werden durch den Papst in Person.«

»Nicht der Papst, sondern ein Barfüßer-Mönch, den ich kenne, rühmt sich, daß er sie trauen wird. Er hat alles vorausgesagt. Wenn ich sprechen dürfte!«

»Dasselbe können Sie auch von mir erfahren. Ich prophezeie, daß der König von Navarra ein Hahnrei sein wird. Wie? Das wäre verboten zu sagen? Dann sind Sie selbst der Hahnrei, fragen Sie nur die Leute!«

»Von mir bekommen Sie nicht die Antwort, die Ihnen gebührt, denn ich bin friedfertig – wohl aber von dem hugenottischen Herrn, der neben Ihnen steht. Machen Sie sich auf Prügel gefaßt!«

»Gute Christen! Ihr könnt selbst bemerken, daß es hier, wie überall in Paris, zu viele Ketzer gibt. Sie werden sogar bevorzugt, die Wache läßt sie durch.«

»Denn auch der Bräutigam ist einer von ihnen. Das bedeutet, gute Christen, daß ihr in die Hände der Ungläubigen fallet. Wehe euch!«

»Gute Christen! Die Fremden, die wie ein Schwarm Heuschrecken erschienen sind in Paris, haben schon einige von euch niedergeschlagen, ausgeraubt, geschändet, gebrannt und aufgehängt. Verhindert Schlimmeres und laßt diese Heirat nicht zu!«

»Hola, und wer seid ihr Schwarzgesichter? Versteckt euch nur in den Kapuzen! Spanische Mönche, die uns aufhetzen möchten. Wir sollen wohl die Tribüne stürmen, wenn unser König seine Schwester verheiratet. Das könnte eurem spanischen Philipp allerdings passen. Wo seid ihr denn plötzlich hingeraten? Aha! Erkannt und schon untergetaucht.«

»Trotzdem werden alle die Banditen, die Hugenotten heißen, in der Hölle brennen und sollten es von Rechts wegen sogar schon hier.«

»Trotzdem kommt der Papst in Person und feiert die Trauung: davon laß ich mich nicht abbringen. Haben wir Zimmerleute doch selbst vom Bischofspalast bis zur Kathedrale die Galerie aus Holz erbaut. Wer sollte dort sonst hindurchgehen, da sie dem Hof so teuer zu stehn kommt?«

»Ihr Zimmerleute verdient heute gut.«

»Leider nicht so viel wie die Tuchhändler. Sie haben die Galerie mit weißem Stoff behängt, so daß man unsere schöne Arbeit nicht mehr sieht.«

»Am besten geht es bei dem allen den Wirten.«

»Nein, den Gewandschneidern, wegen der Festkleider für den Hof.«

»Nein, den Mädchen, weil die Fremden zahlreich hergereist sind.«

»Mit den Hugenotten wird man später abrechnen. Augenblicklich bringen sie das Geschäft in Schwung.«

»Weg da! Die reden hier breitspurig vom Geschäft und versperren uns die Aussicht auf die schönen Herren. Sie kommen aus dem Bischofspalast, und es werden immer mehr. Sie haben die Gnade, sich vor unseren Augen durch eine ganze lange Galerie zu bewegen. Man muß von Gnade sprechen, denn so sieht es aus, wie sie schreiten, obwohl kein einziger auch nur zu ahnen scheint, daß er glänzt wie ein Pfau in der Sonne und daß ganz Paris auf ihn aufpaßt. Das ist wirkliche Vornehmheit, von nichts zu wissen. Aber, oh! Aber, ah! Die Damen! Gegen sie werden die Herren grau wie Asche. Jetzt geht erst der Tag auf. Wenn man bedenkt, daß Gewandschneider, Juweliere und Haarmacher das Wunder erzeugt haben! Wir Gewerbetreibende könnten stolz sein.«

Übrigens entging es geübten Zuschauern nicht, daß der Zug, vor der Kathedrale angelangt, sich staute. Genau als wären sie gemeines Volk gewesen, wollten einige der vornehmen Gäste sich vordrängen, um schneller auf das hohe Gerüst und auf die Sitzplätze zu gelangen. Auch Streit brach aus, und die Offiziere der französischen Garde mußten Frieden stiften unter den Großen des Königreichs. Endlich kam dennoch die angemessene Ordnung zustande. König, Kardinal, Bräutigam und Braut, die Königin, die Prinzen, Prinzessinnen, das Gefolge von Edelleuten und Fräulein, sowie die Priester, die den Kardinal umgaben: alle waren untergebracht, jeder nach seinem Rang, und diesen kennzeichneten schon die Farben, in die man gekleidet war.

Auf hohem, offenem Gerüst wurde die Blüte des Königreiches frei dargeboten, bei Sommerlüften, unter weißgesprenkelter Himmelsbläue. Die Blicke der Häuser waren dorthin gewendet in weitem Bogen, lauter geöffnete Fenster mit ausgehängten Teppichen und den geputzten Bewohnern. Drunten längs den Mauern und in den Straßenöffnungen trat die Stille ein, Hüte wurden abgenommen, Hände gefaltet und Knie gebeugt. Nah hinter dem Gerüst mit der Blüte des Königreiches verharrte als Denkmal aller Geschlechter, die schon vorübergegangen waren, die Kathedrale. Ihre Glocken entsandten aufwärts Klänge, die der Ewigkeit zugedacht waren. So und nicht anders vollzog der Kardinal von Bourbon die Trauung des Königs von Navarra mit der Prinzessin von Valois.

Als es geschehen war, mußte allerdings vom Gerüst wieder heruntergeklettert werden, und Degen verwickelten sich in Schleppen. Die Zuschauer bemerkten hiervon nichts, da alle Herrschaften sofort in der Kirche verschwanden. Natürlich waren dort schon seit Stunden sämtlich versammelt die Inhaber des Gestühls, ob adlig oder vom reichen beamteten Bürgertum, und von diesen Kennern stand nicht zu erwarten, daß sie sich verblüffen ließen durch einstudierte Haltungen. Sie knieten wohl hin, sobald Karl der Neunte auftauchte, aber das war auch ihre ganze Ehrfurcht: nur um so sicherer entdeckten sie die Fehler.

Der Kardinal von Bourbon war alt geworden; Karl der Neunte sah aus wie ein Fleischer, der sich mit schiefem Blick das Kalb aussucht, um es zu stechen. Seine Gemahlin, Elisabeth von Österreich, hatte sich noch kostbarer gekleidet als die Braut. Weiter konnte sie auch nichts tun, denn sie verstand weder zu gehen noch zu reden – vielleicht spanisch oder deutsch, keinesfalls französisch. Allzu stattlich schon mit zwanzig Jahren, war sie bestimmt, bei intimeren Gelegenheiten einfach fortgelassen zu werden, während sie bei öffentlichen nur als Ausstattungsstück in Frage kam, von Karl übrigens betrogen auf Schritt und Tritt. Soviel über Elisabeth von Österreich. Hauptsächlich die aufmerksamen Frauen trafen diese Feststellungen. Gehen wir zu den Neuvermählten über! Man kann gegen sie nichts sagen, ein hübscher, munterer Junge, fest in den Hüften, breite Schultern für seine Größe, denn trotz hohen Absätzen überragt er kaum die gute Margot – die natürlich vollendet wie immer zurechtgemacht ist.

Die Männer sagten gleichzeitig: Wie Navarra mit ihr vorwärtsdrängt! Der gebotene Abstand zwischen ihnen und Karl dem Neunten verringert sich in unschicklicher Art. Dieser unkundige Henri kann sein Schicksal nicht erwarten. Außerdem ist er der einzige, der es nicht kennt. Wir alle sind aufgeklärt über seine liebe Frau. Unter dem Überwurf ihres Kleides trägt sie Taschen, und in jeder ist das Herz eines getöteten Liebhabers. An Liebe gestorben, wenn Sie wollen. Doch: es kommt vor, und glauben Sie es nicht, dann glaubt es der nächste. Andererseits, warum sollte sie nicht von ihrer klugen Mutter gelernt haben, Tränke zu mischen? Leiser, bitte! Madame Catherine ist die einzige, die nicht hier ist, aber grade sie hört alles.

Dazwischen wieder die Frauen: Der Herzog von Guise! Also doch zur Hochzeit pünktlich zurück. Dann kann es ja wieder angehn. Aber nein! Wissen Sie denn nicht? Sie ist doch jetzt verschossen in den schönen La Môle. Da kommt er. Der wievielte ist er bei ihr? Den ersten hatte sie mit elf Jahren. Ich halte es immer meinem Mann vor, damit er einsieht, daß es Schlimmere gibt als mich.

Die Männer rügten nochmals die Verletzung des gebotenen Abstandes. Navarra wird König und Kardinal noch überrennen, von ihm ist allerhand zu erwarten. Wieviel könnte man ihm eigentlich mit ruhigem Gewissen Geld leihen auf sein mächtiges Königreich? Einen Sack, so hoch wie er selbst! Mein Lieber, Sie sind boshaft. Wenn der Sack nicht höher wäre als der König! Und der ist auch noch Protestant.

Damen vom Hof flüsterten in ihrem Gestühl: Hat Haus Frankreich es nötig gehabt, einen Hugenotten herbeizuholen? Urteilen Sie selbst, meine Liebe, ob die Eile, in der es geschah, anständig anmutet – oder auch nur unverdächtig. Die Erlaubnis des Papstes ist auffallend plötzlich eingegangen, nachdem man vorher immer gehört hatte, Seine Heiligkeit verbiete die Heirat. Wenn Sie es durchaus wollen, vertraue ich Ihnen an, daß niemand das päpstliche Breve mit Augen erblickt hat. Nur ein Brief des Botschafters ist eingetroffen aus Rom – angenommen, er wäre tatsächlich in Rom geschrieben worden und nicht eher unter der Aufsicht von Madame Catherine verfaßt.

Herren vom Hof raunten gleich daneben: Man wird den Eindruck nicht los, daß hinter allem die Königin Mutter steckt. Ihre Pläne sind noch dunkel, aber der Sinn wird vielleicht früher aufgehen als wir denken – und auch furchtbarer. Karl der Neunte hat den Protestanten de La Noue an die Spitze von Truppen gestellt, die den Spaniern die Festung Mons entreißen sollen. De La Noue wird von den Seinen grade die Kriegstüchtigsten mitnehmen, und dem Admiral in Paris werden sie fehlen. Es geht Undurchsichtiges vor. Man darf nichts verraten. Auch nichts wissen. Die Hochzeitsfestlichkeiten sollen großartig werden.

Hierüber waren die Damen sich ebenso einig – aber sowohl den Damen als den Herren aller vertretenen Stände verschlug es die Rede, da sie bemerkten, was dort hinten im Chor der Kirche vorging. Anstatt an der Messe teilzunehmen, entfernte sich der König von Navarra, ließ seine junge Königin stehen und suchte eine Hintertür, mit ihm seine protestantischen Herren. Obwohl es zu erwarten gewesen war, erregte es Skandal. Jeder weiß, daß beim ersten Wort der Messe der Teufel den Schwanz einklemmt, aber könnte er nicht den Anstand wahren und dableiben? Nur gut, daß man sich alle einzeln gemerkt hat. Diese Herausforderungen werden nicht mehr lange dauern.

Dame Venus

Henri kehrte hintenherum in den Bischofspalast zurück. Mit ihm waren nur Herren von der Religion, auch solche, die er lange nicht gesehn hatte, aber an diesem großen Tag umgaben sie ihn. Eingefunden hatte sich sein alter Erzieher Beauvois, einst ein so listiger Helfer Henris im Collegium Navarra, als der Knabe kämpfen mußte, um nicht zur Messe zu gehn.

»Beauvois«, sagte Henri, geräuschvoll vor Glück. »Ist es vorwärtsgegangen mit uns beiden? Jetzt bewohnen Sie ein hübsches Haus in Paris, ich führe die Prinzessin heim, und von der Messe spricht kein Mensch mehr.«

Der dicke alte Mann erwiderte: »Sire, ich bin bequem geworden und reise nicht gern. So verbringe ich meine letzten Tage in einem streng verschlossenen Haus, auf dessen Tür die Leute mir unfreundliche Namen malen.«

Er blinzelte. Gern hätte er seinen Zögling an vieles erinnert, was in der Stimmung des Sieges vergessen war und nicht hineinpaßte. Mehrere riefen nach Wein. Henri war berauscht genug vom Gedanken an Margot. Man ist ungeduldig, man glaubt es zu sein, und dennoch fliegt die Zeit mit Schwingen des Glücks, der alte Chronos rollte auf der leichten Kugel Fortunas. Um vier Uhr wurde gemeldet, daß sie in der Kathedrale gleich fertig wären. Der Neuvermählte ging hin und holte seine Frau. Im Beisein des Königs von Frankreich küßte er sie: der Hugenott aus dem Süden die Prinzessin von Valois. Dieser Anblick schloß dennoch manchem den bösen Mund. Der ganze Hof wandelte durch die festliche Galerie zurück in den Bischofspalast, noch immer weideten sich am Gehaben der Vornehmen alle Zuschauer, bestehend aus Volk und ehrbaren Leuten. Gespeist wurde eben dort, am Abend aber spielten die Dinge in dem Schloß Louvre, und dieses erblickte ein Dauertanzvergnügen, unterbrochen durch einen Aufzug silberner Felsen. Den großen Saal entlang, unter dem Gewölbe der zwanzig Kronleuchter bewegten sich vermittels unsichtbarer Kräfte zehn mächtige Theatermaschinen in Gestalt glänzenden Gesteins, auf deren erster Karl der Neunte selbst saß, und zwar fast nackt als Gott Neptun, denn er zeigte gern seine Körperbildung. Ihm folgten seine beiden Brüder, sowie andere Götter und Meerungeheuer, die alle verkleidete Edelleute waren. Die Maschinen polterten und der leinene Überzug der Felsen warf Falten. Dennoch mußte man staunen über so viel Kunst, besonders da Musiker französische Verse dazu sangen, und diese stammten von ausgezeichneten Dichtern.

Bis zum Nachtessen wurde es spät, und als man sich bei Tisch niederließ, hatten schon einige Paare verabredet, zu heiraten nach dem Vorbild des Königs von Navarra, der wohl nicht die Messe, aber um so mehr die Prinzessin liebte. Die schönen Edelfräulein der alten Königin eroberten heute Hugenotten, so viele sie mochten. Sie hatten es leicht mit Agrippa d'Aubigné, der entflammten Gemütes jeder versprach, was sie wollte. Du Bartas war im Geiste abgeneigt, nur sein Fleisch gab nach. Der dritte Freund des Neuvermählten, Philipp Du Plessis-Mornay, hatte die Gedanken anderswo. Er war von einer Natur, die, umgeben von einer Orgie, abwesend und übertrieben rein bleibt. Grade damit aber geht er bis zum äußersten: die andern im Laster, er in der Tugend. Das sokratische Gesicht zornig verklärt, rief er in die Orgie: »Kinder, die wir sind, möchten wir den Stand tauschen mit einem Gauch, der den König in der Tragödie spielt! Schleppt das goldene Tuch auf ein Gerüst, und zwei Stunden danach muß er es dem Trödler zurückbringen mit dem Leihgeld. Daran denken wir nicht, wieviel zerfetzte Lumpen, Geziefer und Grand er darunter versteckt; wie oft er als Majestät sich kratzen muß, und wenn er prahlt, wie oft es ihn juckt!«

Töne des Aufruhrs – fragte sich nur, wer sie hörte. Der nächste Bruder Karls des Neunten und sein Nachfolger, wenn er eines Tages verblutete: d'Anjou selbst war es, der Philipp hocherfreut auf die Schulter schlug. »Der bewußte Gauch ist mein Bruder«, sagte er ihm ins Ohr. »Vor mir brauchen Sie kein Geheimnis aus Ihrer Meinung zu machen, denn ich teile sie. Ich neige zu euch Protestanten wegen eurer Offenheit, die eine Menge Gottvertrauen voraussetzt.«

Die Annäherung des Prinzen vom Geblüt an den unansehnlichen Soldaten von der Religion wurde nachgeahmt: oder war sie selbst nur eine einzelne unter all den anderen Verbrüderungen. Katholiken und Protestanten lagen einander in den Armen, so Herr de Léran in denen des Hauptmanns de Nançay. Der junge de Lévis, Vicomte de Léran, war unter den Seinen der Page, so schön, schlank und beweglich. Der kräftige de Nançay preßte ihn an sich, er hätte ihm wohl den Brustkorb eingedrückt vor Liebe; statt dessen entglitt ihm der Junge wie Öl, plötzlich hatte er den Dicken ins Ohr gebissen. Kurzer Zweifel, was kommen würde, dann aber das herzlichste Gelächter. So war diese Nacht.

Sie trug das Gesicht der Dame Venus: wenige Mißtrauische wie Du Bartas erkannten es noch unverhüllt. Dennoch entging auch ihnen, daß alles nur das Werk von Madame Catherine war. Sie selbst hatte ihr fliegendes Korps ausgeschickt mit ihren Befehlen, und ihre Ehrenfräulein machten, was sonst niemand konnte, daß kein Unterschied mehr bestand durch den Glauben. Gott hatte dies Geschlecht noch niemals vermischt: so unternahm es heute nacht, auf ihre Art, Dame Venus. Diese nun ist unter den heidnischen Herrschaften, so könnte man einerseits sagen, am meisten ohne Trug und Arglist, und was sie verspricht, das hält sie unverweilt. An diesem Hof jedenfalls, der nach den Absichten von Madame Catherine eingerichtet war, wurden Verlöbnisse sofort eingelöst. Daher befand sich immer ein Teil der Gesellschaft auf den Zimmern der Ehrenfräulein, und zwar in einem Durcheinander des Genusses, bei offenen Türen, während die Neuhinzukommenden nach Platz suchten und, wer bei der Arbeit war, von den andern ermuntert wurde in Tönen eifersüchtigen Mitgefühls. Nachher kehrten sie zum Tanz zurück.

Zuweilen war der große Saal nicht einmal zur Hälfte gefüllt, und die Musik auf ihrer Empore lärmte in einem kahlen Widerhall. Es blieben die Trinker, es blieben die Philosophen. Über Margot zärtlich geneigt, blieb Henri.

Sie saßen unter einem Zelt bunter Fahnen, die Fahnen der Provinzen des Königreichs, die Fahnen aus vergangenen Schlachten und aus der fernen Welt. Sie aber waren mit sich ganz allein. Henri sagte ihr, daß er sie immer, immer sie geliebt habe. Margot antwortete für sich und ihr Herz, und es war dasselbe. Sie glaubte ihm auch, und er ihr, obwohl beide es anders wußten. Darum fühlten sie doch: jetzt ist es wahr geworden. Dieser ist mein einziger Geliebter. Ich habe keine gekannt außer dieser, mit ihr beginnt mein Leben! Er ist mein Frühling, ich wäre bald alt geworden ohne ihn!

»Henri! Deine Gestalt ist genau von den Maßen, die den Vorschriften der Antike entsprechen. Du verdienst, bei meiner Ehre, dafür belohnt zu werden.«

»Margot! Ich bin voll Freude bereit, die Belohnung mit dir zu teilen: sooft du es willst und aushältst.«

»Der Beweis duldet keinen Aufschub«, sagten ihre klangvolle Stimme und ihr edles Gesicht, da war er schon von seinen Knien aufgesprungen – und sie gingen den Weg, den auch die andern gegangen waren. Das ist wohl der Weg des Fleisches, aber einiges Fleisch begeistert sich. Aus dem großen Saal hinausgelangt, trug Henri sie. Er trug vor sich her Margot; Soldaten machten Front und stampften mit aller Kraft auf den Boden. Betrunkene, die umgefallen waren, versuchten ihnen nachzusehn.

Das leidenschaftliche Vorhaben wurde erschwert durch das Brautkleid; es stand viereckig um die Hüften, Margot war darin eingesperrt, wie in einen Kasten. Hier bewies der jugendliche Liebhaber sowohl Umsicht als Kenntnisse. Ohne die schimmernde Schale rauh anzufassen, hatte er sie in einem Augenblick geöffnet. Kein Vergleich, konnte Margot grade noch denken, mit dem Guise, der doch größer und von außen mehr wie ein Edelmann ist! Da war die Schale geöffnet, die Perle enthüllt. Anstatt sich erst lange darzubieten in ihrer Kostbarkeit, befahl sie den Knien ein wenig nachzugeben, schien hinzusinken, ließ sich auffangen und dann niederwerfen, wo sie es gewollt hatte, auf ihr berühmtes Bett aus schwarzer Seide. Der liebt die Frauen, um so weniger kennt er sie! Den behalte ich, wollte Margot zuletzt feststellen: schon verging ihr Hören und Sehen, zum großen Vorteil der übrigen Sinne.

Haus Österreich

Henri allein kehrte in den großen Saal zurück. Diesen fand er bevölkerter als vordem, denn zugegen war das Königspaar. Karl der Neunte hatte inzwischen seine Blöße bedeckt, dafür aber war er betrunken. »Da kommt der von meiner dicken Margot!« rief er Henri entgegen. Alle bewiesen durch ihr Verhalten, daß sie, ebenso wie der König von Frankreich, im Bilde waren und auf die Rückkehr des Glücklichen gewartet hatten. Nur die Königin lachte nicht, so wenig wie sonst äußerte sie einen Vorgang des Geistes oder Gemüts. Niemand erinnerte sich ihrer Stimme. Elisabeth von Österreich saß erhöht und ohne Regung aufgerichtet in einem besonderen Abschnitt des großen Saales, um sie her erhielt sich Leere ganz von selbst, keine Wache mußte Zudringliche abwehren. Sie ragte in ihrem goldenen Kleid, starr und unverletzlich wie ein Heiligenbild, unmenschlich auch das Gesicht infolge dicker Schminke. Hinter ihrem breiten Rock machten zwei spanische Priester sich unsichtbar, sie selbst aber sahen alles.

Karl der Neunte hängte sich an den Arm seines Schwagers. Ihm ins Ohr, aber darum nicht leiser, sagte er einiges Unflätige, das seine eigene Schwester betraf. Henri dachte angewidert: Wenn er stolpert, laß ich ihn liegen! Soll ich ihm ein Bein stellen? Er tat es nicht, sondern gelangte allmählich an die Stelle, wohin Karl mit seiner ganzen Schwere ihn zog: der leere Umkreis der Königin.

»Dort ist sie aufgebaut«, stotterte Karl, »und wirf sie mal um, wenn du kannst! Wäre sie auch schon tot, sie würde dennoch als Leiche aufrecht stehen bleiben in all ihrem Gold.

Das Haus Österreich ist ein unvergänglicher Alpdruck, und dies Weib, bei dem ich gelegen habe, erscheint mir dennoch im Traum mit den Zügen der Medusa, so daß mein Blut erstarrt. Die Tochter des römischen Kaisers – kann ein Mensch die heiraten, Navarra? Mein Großvater Franz der Erste hat in Ketten gelegen zu Madrid, und damit er gehen durfte, verlangte Kaiser Karls des Fünften Majestät seinen leiblichen Sohn als Geisel. Sie haben meinen Vater mißhandelt, und auf mir lasten sie vermittels der Tochter des Kaisers Maximilian. Sie halten unter ihren Absätzen ganz Europa. Ihr Gold, ihre List, ihre Armeen und ihre Priester entzweien mir das Volk und verwüsten mir das Land. Navarra!« raunte Karl der Neunte gehetzt. »Räche mich! Darum geb ich dir meine Schwester. Räch mich und mein Königreich! Mir ist es verboten; ich bin ein Geschlagener, der nicht einmal kämpfen durfte, und werde dahinfahren in Verzweiflung. Gedenke meiner, Navarra! Und hüte dich –« Dies stahl sich nur noch gestöhnt und kaum verständlich aus dem Mund in das Ohr. »Hüte dich vor meiner Mutter und meinem Bruder d'Anjou! Was dir aber auch zustoßen mag, künftig: gib nicht mir die Schuld, Navarra, denn ich hatte nur Furcht. Ich hatte von allen Lebenden die schaurigste Furcht.«

Plötzlich pfiff es in seiner Kehle: das war der Schrecken, hinter der Königin waren ihm zwei Paar stechender Augen begegnet – nur so kurz, als wär es nicht wahr. Karl schwankte, er hielt sich an seinem Schwager fest, er hatte niemand als ihn auf dieser ringsum sichtbaren Stelle. Sein hugenottischer Schwager machte sich innerlich lustig, damit besiegte er das aufsteigende Grauen. Der König Karl war verstummt, und es verstummte in dem großen Saal sein ganzer Hof – was einer überwiegend feindlichen Aufmerksamkeit gleichkam. Henri fühlte es durchaus, und sein schneller Verstand bestätigte es ihm. Alle diese fanatischen Feinde seiner Religion sahen ihn ungern im Vertrauen des Königs, ihres Herrn. Seine Heirat war ihnen in Wahrheit ein Ärgernis, er hatte es nie bezweifelt, und sie mußten es äußern, sogar ungewollt. Heute befahl Dame Venus, sich zu vermischen, wer man auch war. Dennoch geschah jetzt in ihrer Masse ein Geschiebe und Gestoße; die Katholiken drängten die Protestanten bis gegen die Ränder des Saales. An der unsichtbaren Grenze aber, die um die Königin gezogen war, ballten sie selbst sich zu einem Haufen, der sehr wachsam schien.

Henri sah schnell: nur Bewaffnete – wenn auch vorerst mehr neugierig als angriffslustig. Übrigens hätten sie sich seiner nicht leicht bemächtigt: rückwärts schlossen seine Protestanten ihre Reihen, bereit vorzustoßen. Was die Edelfräulein betrifft, die waren zerstoben, von fern spähten sie, zwitschernd, weil ein Sturm aufzog.

Karl, obwohl nicht bei Sinnen, fühlte die Leere um ihn her, und von der entstandenen Schwüle wurde er toll. »Wein!« brüllte er. »Ich will mit der Königin saufen, bis sie umfällt. Ihr alle sollt zusehn. Trotz dem Gold, darin sie steckt, fällt sie um und nicht ich!«

Sie, die ihn schwerlich verstanden hatte, blieb das unbewegte Bild. Er selbst wurde auf einmal, wahrscheinlich infolge seiner Lästerungen, so schwer, daß sein hugenottischer Schwager ihn nicht mehr halten konnte, beide wären gestürzt. Jemand, der herbeisprang, fing Karl grade noch auf. Henri blickte in das unerwartete Gesicht eines Herrn de Maurevert: der Haß verzerrte es. Im nächsten Augenblick drängte ein anderer ihn fort, der Herzog von Guise. »Was fällt Ihnen ein, Maurevert«, sagte er eilig. »Machen Sie, daß Sie verschwinden, ein Mensch wie Sie!« Er stützte Karl. »Faß mit an, Navarra! Der Thron ist uns anvertraut, ihm zur Seite zu stehen.«

»Dafür sind wir herbeigeritten mit unseren Edelleuten aus Lothringen und aus Béarn«, fuhr Henri statt seiner fort in derselben übertriebenen Sprache, reckte sich auch wie der andere junge Herr, der hoch und blond war. Sie faßten einander ins Auge über den betrunkenen König hinweg, aber manchmal mußten sie zugreifen, wenn er absacken wollte.

»Setzt mich doch neben die Habsburgerin«, flehte Karl der Neunte unter einem Tränenerguß. »Auch ich bin ein kleiner Heiliger – mehr als ihr. Denn beide habt ihr meiner dicken Margot den Rock geschürzt. Du zuerst, aber dich hat sie verlassen.« Damit fiel er gegen Henri von Guise, der ihn Henri von Navarra zuschob. »Dich behält sie«, flennte er an der Brust seines Schwagers. »Sie liebt dich, ich liebe dich, unsere Mutter Madame Catherine liebt dich sehr.«

»Der Teufel«, schrie er plötzlich, denn die beiden spanischen Priester erschreckten ihn nochmals: er hatte sie inzwischen vergessen. Als er aber die schwarzen Erscheinungen und ihre Blicke richtig unterschied, schien ihm vollends unheimlich zu werden. »Weiß schon, was ihr von mir wollt«, stammelte er in ihre Richtung, obwohl sie sich sofort wieder unsichtbar gemacht hatten. »Weiß schon. Soll auch pünktlich geschehn. Ihr werdet es gewollt haben. Ich wasche meine Hände.«

Vorübergehend war er ernüchtert und konnte allein stehen, Lothringen und Navarra ließen ihn los. Henri, der die Hände frei bekam, sah sich um. Den Haufen an der unsichtbaren Grenze fand er verändert, nicht mehr nur neugierig oder wachsam. Drohend schob der Haufe der Katholiken sich jetzt um ihn zusammen – hin und her schwankend, weil rückwärts die Protestanten mit ihnen handgemein wurden, um nach vorn zu gelangen. Einige ihrer Führer waren auf Stühle gestiegen, nur Du Bartas befehligte sie aus seiner natürlichen Höhe. Alle schrien plötzlich durcheinander; keine königliche Gegenwart hielt sie ab, das menschliche Übereinkommen zu sprengen, und ihr Atem kündigte in wilder Vermischung die Brechung der letzten Fesseln an. Zweifellos sollte Blut fließen.

Genau in dem Zeitpunkt, als es soweit war, rührten sich hinter Elisabeth von Österreich die beiden spanischen Priester. Sie tauchten ganz und gar unter, und ohne daß die Urheber zu sehen gewesen wären, begann der erhöhte Sitz der Königin mit ihr davonzuziehen. Es ging mit Stolpern und Stoßen, wie eine Theatermaschine; auch die silbernen Felsen zu Beginn des Festes hatten sich nicht anders fortbewegt unter dem nackten König und allen anderen Meergöttern. Aber es ging, und glücklich verließ mit einem letzten Aufbäumen der Sitz des Hauses Habsburg dort hinten die Schwelle. Bevor die Tür darüber zuschlagen konnte, sah man grade noch den verhüllenden Teppich beiseite geschoben werden – und mühselig hervorkriechen und hochkommen die beiden spanischen Priester, denen die Zunge aus dem Hals hing.

Laut lachte der von Navarra – ein Gelächter, das kein einziger Mensch im Saal ihm ernstlich übelnehmen konnte, denn es war heiter von Grund auf. Es widerlegte alles Böse, und für den Augenblick erleichterte es jeden von seiner Streitsucht. Dies begriff mit unverzagter Geistesgegenwart ein kleiner Mann, der weit hinten auf einem Stuhl stand; manche kannten seinen Namen: Agrippa d'Aubigné. Der sang in den höchsten und lieblichsten Tönen: »Die Königin von Navarra vergießt Tränen der Erwartung auf ihrem berühmten schwarzseidenen Lager. Welcher Mensch kennt den folgenden Tag. Daher auf, und begleiten wir den Bräutigam!« Er bekam Beifall, aber der besseren Wirkung wegen ging er zu Versen über.

»Nicht fern ist uns der Tod. Erst dann ist uns gegeben
Ein Leben ohne Tod, nicht mehr ein falsches Leben.
Gerettet ist das Leben, der Tod er ist besiegt.
Wer will nicht sicher gehn, wer möchte immer scheitern?
Wem macht die schwere Fahrt noch Lust, sie zu erweitern.
Wer ist nicht froh, wenn er zuletzt im Hafen liegt?«

Das wies auf den ersten Blick keinen Zusammenhang mit der Sache selbst auf, oder höchstens einen komischen: weshalb der Sänger alle zum Lachen brachte und gewonnen hatte. Karl der Neunte verkündete laut, er wollte mit seinem ganzen Hof seinen Schwager Navarra zum Beilager mit seiner Schwester geleiten. Er nahm den jungen Ehemann bei der Hand. Auf die andere Seite Navarras stellte sich Lothringen; das war die spannendste Einzelheit: der frühere Liebhaber, den neuen Gemahl zum Beilager geleitend. Daraufhin ordneten sich die Reihen, ohne Unterschied der Religion. Wer noch soeben vor dem Losschlagen gestanden hatte, gab sich eine vergnügte Frist, und der Zug begann. Er nahm unterwegs die Menge der Ehrenfräulein auf. Wo er vorbeikam, öffneten sich Türen, hochgestellte Damen glaubten nicht fehlen zu dürfen. Ältere Herren, die schon geschlafen hatten, erwachten von dem Lärm und schlossen sich an, wie sie waren. De Miossens, Erster Edelmann, schritt würdig hervor in Hemd und Pelzrock, mit unbekleideten Beinen. Wachen mit Fackeln liefen voraus und warfen Licht in die alten steinernen Gänge, fast niemand hielt noch gegenwärtig, wo er grade war, man machte die Wege mehrmals, und man sang:

»Wer will nicht sicher gehn, wer möchte immer scheitern?
Wem macht die schwere Fahrt noch Lust, sie zu erweitern,
Wer ist nicht froh, wenn er zuletzt im Hafen liegt?«

»Angelangt!« entschied Karl der Neunte, indessen war es eine falsche Tür. Der ganze Hof mußte sich winden in der Enge wie ein Wurm, bis die richtige erreicht war. Hier hielt Karl die letzte Ansprache an den Glücklichen. »Du bist glücklich, Navarra, denn eine Prinzessin, die erste und edelste des Abendlandes, hat für dich ihre Unschuld aufgehoben, bis du sie ihr raubst, hat in Treuen deiner geharrt, und siehe, jetzt klopfst du bei ihr an« – womit er selbst die Faust gegen das Eichenholz schlug. Seinen Schwager küßte er auf beide Wangen, und seine Tränen flossen.

Die Braut öffnete nicht, obwohl das Getöse selbst im Schlaf nicht zu überhören war. Eine Pause des Aufhorchens entstand, diese aber benutzte der Herzog von Guise, um laut zu sagen: »Bei allen Heiligen und besonders bei Sankt Bartholomäus! Wenn ich das wäre, die Türe spränge von selbst auf, weil sie mich kennt.«

Dadurch erfuhren alle, die es noch nicht gedacht hatten, daß Guise beleidigt und zornig war. Der König von Navarra fand denn auch unschwer die Antwort.

»Sie sehen es, die Tür bleibt nur Ihretwegen fest zu, damit kein Irrtum vorkommt.«

Guise behauptete dagegen: »Nur Ihretwegen, weil sie Besseres gewöhnt ist.«

Karl der Neunte ordnete an: »Immer eins nach dem andern! Jetzt ist kein Zweikampf dran, sondern das Beilager.«

Das hinderte aber nicht, daß vor der Tür der Prinzessin Margot ihre beiden Kavaliere einander entgegentraten in einer Haltung, die auf Entscheidung drängte: den Fuß vorgestellt, den Rumpf so aufrecht wie möglich und mit äußerst wildem Gesicht. Bis hinten im Zug wurde es stiller, und die Frauen ließen sich hochheben, um sie auch zu sehen, den Navarra in weißer Seide, den Guise in blauer, wie sie sich anfauchten. Wäre er nicht der abgewiesene Freier gewesen, Guise hätte vieles vorausgehabt: die hohe Gestalt, gefährliche Geschmeidigkeit und böse helle Züge, um so erschreckender, je bezaubernder sie sonst gezeigt wurden. Indessen begegnet Navarra dem allen einfach dadurch, daß er es nachahmt. Mit seinen kleineren Maßen wird er dennoch ein großes Raubtier: er kann das. Zugleich aber macht er dasselbe Raubtier lächerlich – ganz nebenbei und doch vor allem. Reckt sich, biegt sich, setzt zum Sprung an und wird sogar hochblond, sollte man meinen, bekommt wehende gelbe Haare am Kinn, so genau ahmt er die feine nordische Aussprache Lothringens nach.

»Ich habe mit Dorfmädchen angefangen und mag jetzt nur noch die Prinzessin. Die Prinzessin hat mit Lothringen vorliebgenommen, bis sie Anspruch erhob auf Navarra.«

Noch übertriebener kann Guise selbst nicht reden, und sein großartigstes Auftreten ist von seinem Rivalen vorweggenommen: das setzt ihn außer Gefecht, nicht mitgerechnet das Gelächter der Leute. Es versucht auszubrechen, wird hier unterdrückt, dort losgelassen – plötzlich aber steht die eichene Tür offen, und die Prinzessin lacht. Sie lacht selbst, da lacht ungezügelt der ganze Hof.

»Wer ist nicht froh, wenn er zuletzt im Hafen liegt?« krächzt Karl der Neunte absichtlich heiser. Gelächter, die Prinzessin zieht ihren Gatten herein, die Tür fällt zu: Gelächter.

Eine Narbe

Sie hielten an und betrachteten einander, während in den Gängen, schon entfernter, der abziehende Hof lärmte. Schließlich bewegte er sich den gegenübergelegenen Flügel entlang, der Fackelschein sprang von einem Fenster in das andere; zugleich aber dämmerte der Morgen. Das Volk dort draußen konnte gar nicht anders, wenn es zu derselben Stunde aufstand in den Kähnen des Flusses, den Häusern am Ufer, es mußte denken: Schloß Louvre brennt wieder einmal vom höllischen Feuer. Wer weiß, was bevorsteht.

Sie betrachteten einander – dann beschrieb Madame Marguerite mit der vollendet gebildeten Hand eine Bewegung von oben nach unten, die besagte: Entkleiden Sie sich, Sire. Sie selbst entledigte sich ihres Schlafgewandes erst am Rande des Bettes; sie kannte die Fehler ihrer Figur und wußte, daß sie mehr im Stehen hervortraten als im Liegen. Vor allem war sie gesonnen, den Anblick und die Form dieses neuen Mannes in Ruhe zu ergründen. Denn Madame Marguerite war eine Kennerin des Gutgebauten, ob männliche Körper oder lateinische Verse. Ihr neuer Mann nestelte an seiner Halskrause, das Festkleid aus weißer Seide war schwierig zu öffnen. Es sollte ihn in den Schultern breit machen durch gebauschte Ärmel, aber schmal in der Mitte. Die Hüften erschienen stark und fest und um so länger die jugendlich mageren Beine. Bis zu einem gewissen Grade war es möglich, den Eindruck künstlich herzustellen: nicht ohne Sorge sah die gebildete Frau dem Ergebnis entgegen. Aber sieh, es war sogar besser als die Versprechungen der Hülle. Madame Marguerite stellte Vergleiche an und fand zuerst in diesem Fall alle Anforderungen der Antike, die sie fast schon für fabelhaft gehalten hätte, wirklich erfüllt – dermaßen, daß ihr Gesicht vorläufig noch seine gelehrte Neugier und Erhabenheit festhielt. Erst das Blut, das sie unter seiner Haut schwellen sah, erregte auch das ihre; und verloren war die Kennerin, als sie seine rauhen Glieder berührt hatte.

Beide erwiesen sich diesmal, wie noch nie, unermüdlich im Genuß; und zwar machte dies der Wettstreit ihrer Naturen, die einander gewachsen waren. Als Henri in späterer Zeit und von anderen Frauen ganz befangen, leugnen wollte, er hätte Margot je geliebt, da brauchte er für den Zustand dieser Nacht und aller folgenden ein Wort, das auch den Niedrigen und Schwachen geläufig ist, für ihre Versuche, sich aufzuspielen. Indessen hätte er bezeugen können, daß einige Male im Leben das Fleisch sich begeistert bis in den Tod. Vielleicht ist der dann wirklich näher, als es den vom Leben Überschäumenden erscheint, und sie haben nur vergessen, die Winkel abzuleuchten. »Nicht fern ist uns der Tod«: diese geistlichen Worte, Henri mußte sie gehört haben vor einer Weile, und sie waren zusammengetroffen mit seinen innersten Ahnungen. Diese geistlichen Worte schwebten als letztes durch sein von Liebe ermüdetes Gehirn.

Es wurde eine kurze Ruhe, denn bis in den Schlaf hinein bedrängte ihn die Sorge um den Genuß: nie genug, nie genug! Davon erwachte er bald, küßte, die Augen noch geschlossen, den anderen Körper und stieß mit den Lippen auf eine Narbe. Sofort sah er hin, fühlte hin: er verstand sich auf Narben. Sie rührten von Hieben, Schüssen, dem Biß der Zähne her und wurden beigebracht auf Schlachtfeldern sowohl wie auf den Lagern der Geschlechter. Viel kam für ihre Einschätzung darauf an, welcher Körperteil sie trug. Hat ein Soldat sie dort, wo sie bei Margot saß, dann ist er, wann es auch sei, ausgerissen und im Galopp davongejagt. Man muß deshalb kein Feigling sein; ja, ein König von Frankreich und Navarra, Henri genannt und für seinen Mut bekannt, sollte sich doch selbst einst eine Narbe holen an derselben Stelle. Hier aber handelt es sich um einen der schönsten Körperteile der Frau, die mein, nur mein ist – und hat schon jemand sie gebissen, dann soll es nicht wahr sein! Daher rüttelte er sie, und da sie nicht gleich folgte, wendete er sie, bis er ihre Vorderseite vor sich hatte, und in ihr kaum erwachtes Gesicht hinein fragte er heftig: »Wer hat dich in den Hintern gebissen?«

»Niemand«, sagte sie, und es war genau das, was er hören wollte. Wütend rief er: »Du lügst!«

»Ich sage die Wahrheit«, versicherte sie, setzte sich auf und begegnete seinem Zorn mit der edelsten Gelassenheit in den Mienen wie auch im Tonfall, während sie heimlich dachte: O weh, das hat er zu früh bemerkt. In acht Tagen hätte es am Ende wenig mehr zu sagen gehabt. So dachte Madame Marguerite aus Erfahrung.

»Man sieht doch die Zähne!« behauptete er.

»Es hat nur den Anschein von Zähnen!« entgegnete sie, und je unwahrscheinlicher die Antwort, um so glaubwürdiger ihr Ton.

»Es sind aber Zähne! Es sind die Zähne des Guise.«

Dies ließ sie ihn so oft aussprechen, wie er wollte. Einmal wird er genug davon haben, und über meine Brust, die ich ihm langsam zuführe, bis er sie in die Hand nimmt, wird er meinen Hintern vergessen.

Gelegentlich ließ sie sich herbei, ihre reichen Schultern zu heben und ein Wort dazwischenzuwerfen. »Weder des Guise noch eines andern.« Das erbitterte ihn nur noch mehr. Wie schwer und fast unmöglich ist es aber auch, sich gegen eine falsche Beschuldigung zu verteidigen! In so vielen Punkten könnte er mich mit Recht anklagen, aber gerade diesen ungerechten sucht er sich aus! Muß ich ihm denn wirklich erzählen, wie meine Mutter und mein Bruder, der König, mich behandelt haben eines Morgens, als sie mich rufen ließen, damit ich Guise aufgäbe und Navarra zum Mann nähme? Er sollte doch die schiefen alten Zähne von Madame Catherine erkennen!

»Sag es! Sag es!« stöhnte er und hielt sie gepackt.

Ein Eifersüchtiger. Und wenn ich es sagte? Wessen wäre er fähig? Wird er mir glauben, daß ich nur seinetwegen, damit ich ihn heirate, geprügelt und gebissen worden bin? Der glaubt es nicht: ich werde auch noch zugeben müssen, daß ich gradeswegs von Guise kam. Sehr spannend!

Plötzlich ließ er sie los und schlug die Kissen. Statt ihrer bearbeitete er mit den Fäusten ihr schwarzseidenes Bett, das so berühmt war, weil vieles sich auf ihm zugetragen haben sollte. Er meint aber mich selbst! Schon rückte sie weit fort, bereit, hinauszuspringen. Gleich komm ich selbst dran. Der schlägt! Und Margot achtete ihn hoch und liebte ihn einzig. Daher beschloß sie endgültig, nichts zu gestehen, während er sich qualvoll abarbeitete. »Gesteh! Gesteh!«

Auf einmal änderte er ganz den Ton. »Du wirst nie die Wahrheit sagen. Wie könnte es die Tochter der Frau, die meine Mutter –«

Da war das Wort, da war der Gedanke. Sie hatte bis jetzt noch gelegen und er auf sie hinabgesehn. Nach diesem Gedanken und Wort richtete auch sie sich auf, beide lauschten dem Nachklang und sahen einander tief erschrocken an. Ihre nächste Bewegung war, daß sie ihre Blöße bedeckte, seine folgende geschah, als er das Bett verließ. Während er in Hast seine Kleider wieder anlegte, suchten sie sich heimlich mit den Blicken: er, um recht zu erfassen, wer das eigentlich wäre, die Frau, die ihn so tief hatte herabziehen können. Sie dagegen wollte wissen, ob sie ihn wirklich verloren hatte, und sie fand: nein, er kommt wieder, und ist mir um so sicherer, da wir seit dieser Nacht durch Schuld verbunden sind. Solange er es noch Schuld nennt, wird er den Überdruß nicht kennen.

Sehr teurer Henricus, dachte sie auf lateinisch. Ungemein liebe ich dich.

Er stand fertig da in seiner weißen Seide, nestelte an der Halskrause, und sagte soldatisch kurz: »Noch heute reite ich zum Heer nach Flandern.«

»Ich will dir zu deinem Schutz einen Heiligen mitgeben«, sagte sie, neigte sich seitwärts nach einem Kasten mit Büchern, ihren Gefährten, wenn kein Mann da war; nahm eins heraus, löste eine Seite und reichte sie ihm. Schön war die Hand und die Gebärde sachlich. Sehr wohl hörte sie sein mühsam bewältigtes Aufschluchzen, und sah dennoch nicht mehr hin – hatte sich wieder ausgestreckt, und als er die Tür hinter sich schloß, war Margot im Einschlafen. Denn durch Liebe erschöpft, so dachte sie grade noch, ist man eine verhinderte Tragödienfigur.

Sie hatte aber einen Traum.

Die Warnung

Zu früh hatte Henri das Schlafzimmer verlassen. Nach der gehabten Orgie war das Schloß Louvre noch lange nicht wieder so weit, um seiner Gewohnheit gemäß Böses zu ersinnen: wenigstens machte es den Eindruck. Henri stieg in den Gängen und Sälen über Schlafende, die eher gelähmt als schlafend erschienen. Sie waren hingefallen am Fleck, wo ihre letzte Verrichtung stattgefunden hatte, ob eine Paarung, ein Trunk oder sogar ein Schlag. In ein offenes Fenster hingen blühende Rosenzweige, darunter lagen hingewälzt Leute, die ihre bunte Kleidung beschmutzt hatten infolge übertriebener Völlerei, und die helle Sonne beschien sie. Auch gelangten die Blicke des einsam Vorüberstreifenden in geheime Zimmer, die man unverschlossen gelassen hatte, als man daranging sich zu vermischen in allen nur erdenklichen Abarten. Vor der Außenwand lehnten schlafende Wachen, im Arm die Hellebarde, Hunde blinzelten, versuchten zu bellen und verschoben ihr Erwachen.

Den Wanderer verwirrte die Vielfalt des Ortes und seiner Erscheinungen. Durch die Weitläufigkeit der neuen Gebäude wie auch in den verwinkelten alten verlor er seine Richtung, falls er denn eine hatte. Über ein Geländer aus durchbrochenem Stein gebeugt, war ein dicker Mann im Schlaf verfallen, wobei indessen seine hohe weiße Mütze angeklebt sitzenblieb auf seinem schwitzenden Gesicht: daraus ersah Henri die Nähe der Küchen. Auch das Gesinde hatte sich ausgetobt bis auf den Rest, aber der Anblick erschöpften Fleisches stößt noch eher ab, wenn man ihm begegnet inmitten von Abfall und schmutzigem Gerät. Der von Navarra in weißer Seide entwich – zuletzt geriet er in halbverfinsterte Gelasse voller Spinngewebe und mit eisenbeschlagenen Türen, gefängnisgleich: ein solches meinte er schon kennengelernt zu haben hier in den unteren Teilen des alten Hofes.

Während er stillstand, damit seine Augen sich anpaßten, hörte er zischeln: Pst! und hervor kam ein Fräulein. Er zog es unter die hochgelegene Luke. »Nicht ins Helle!« bat es. »Ich bin noch nicht einmal geschminkt. Wie häßlich muß ich aussehen!«

»Und was machst du hier? Mir ist, als ob – Ja, gewiß, du bist es. Dich hat mein Armagnac damals eingesperrt, weil du mir nachspürtest. Tust du es schon wieder?«

»Für Sie, Sire, arbeite ich. Denn ich bin Ihre Dienerin und will keinem andern treu und ergeben sein als meinem Herrn, und der sind Sie.«

Er legte ihr das Gesicht in den Nacken, so daß Licht darauf fiel. Das war ein hübsches, ganz frisches Fräulein, etwas zerlaufene Schminke konnte es nicht entstellen. Er küßte es auf den Mund, wodurch er sich vergewisserte: Dies Wesen gehört mir, so sehr erschauerte es. Wie ungewiß sie sind und nie vorauszusehn! Vielleicht, wenn ich diese Spionin damals nicht aufgestöbert und unschädlich gemacht hätte –

»So gefalle ich dir jetzt? Das freut mich, denn ich finde dich liebenswürdig«, sagte er bezaubernd. Wahr oder nicht wahr, das Wort aus seinen Lippen verklärte ihr Gesicht. Ihm aber ging wirklich das Herz auf, wie immer bei ihnen. Auch dieses Fräulein hatte seinen Augenblick, da es mit vollem Recht durch ihn glücklich war.

»Und was willst du für mich tun?« fragte er dessenungeachtet. Sie mußte zuerst ihren Atem beruhigen.

»Mein Leben dahingeben, Sire. Ich werde es verlieren, das ist gewiß. Madame Catherine wird erfahren, daß ich hier war. Auch ihr dient man gut.«

»Was kann ihr das ausmachen?«

»Leiser! Sie ist nicht weit. Ich habe sie überrascht, vor kurzem, als sie aus ihren Gemächern schlich. Ich lag auf einem Teppich, als ob ich schliefe. Allein war ich, war allein«, beteuerte sie. »Mein Zimmer hatte ich voll von Fremden gefunden. Sie schleicht aber vorbei, öffnet leis die Tür ihres Sohnes d'Anjou, nimmt ihn mit. Ihren Sohn, den König, hat sie nicht mitgenommen. Auf ihrem Wege kratzt sie an noch mehreren Türen, und mehrere Personen folgen ihr einzeln, ich aber als letzte. O Himmel, ein Versteckenspiel um das Leben!« Ihre Zähne klapperten hörbar.

»Sie sollen alles sehen, Sire.« Nahm ihn bei der Hand, führte ihn hinein in völliges Dunkel. Fräulein! Doch vielleicht das Liebchen eines Feindes, und hier lauert er? Nein. Sondern grade in dieses Gelaß ist sie eingesperrt worden von Armagnac, sie kennt hier jeden Schritt. Was ist das, Fräulein? Man tastet hinauf, hinauf. Ah! Sprossen – und die Leiter soll ich ersteigen? Fräulein, halt sie mir, fest, sie rutscht. Es geht sehr hoch, aber man fängt an, einen Schimmer zu gewahren. In das Deckengewölbe kann man hineinkriechen, sich bäuchlings auf einen Vorsprung legen, und der reicht durch eine schmale Öffnung bis in einen anderen Raum. Nicht einmal ein Kind könnte sich hindurchwinden. Dennoch sehe ich ein Zimmer – eine Art von Zimmer. Madame Catherine ist solche nicht gewöhnt, dort aber sitzt sie. Ihr Sessel ist mit der hohen Rückenlehne an die jenseitige Wand gestellt, das Licht fällt auf sie von oben und macht sie fahl. Oder was sonst gibt ihr eine Farbe wie Blei? Sie ist in ihrer Witwentracht wie immer, die andern aber kommen aus dem Bett. Da sind die Guise, da ist d'Anjou. »Fräulein! Kennen Sie einen Herrn de Maurevert?« Der ist es nicht, was täte er dabei? »Nur still, die Königin spricht.«

Nein, die Versammlung findet zu tief unten statt, die Worte verlieren sich wie in einer Felsenspalte. Ich glaube, daß sie gegen ihren Sohn, den König, etwas vorhat, warum wäre sie sonst heimlich ohne ihn hierhergeschlichen. Er verhandelt mit England und den protestantischen Fürsten. Er nennt Coligny seinen Vater. Sie haßt Karl. Ihr rechter Sohn ist d'Anjou, man braucht ihn nur anzusehn: schon seine verkrüppelten Ohren. Er hat dicke Lippen und alles an ihm ist schwärzlich, auch die Geister, die ihn umschweben. Es hält ihn nicht an seinem Platz, er kann nicht erwarten, was geschehn soll. Jetzt Finger auf den Mund. Schweig, Liebling! Auch der Liebling fehlt nicht. »Fräulein, kennst du einen Liebling, der aussieht wie ein Tanzlehrer? Heißt er Du Guast?«

Sie antwortet nicht, und wir müssen auch vorsichtig sein. Hier wird jemandem nach dem Leben getrachtet. Wenn nicht Karl es ist, bin ich es. Aber sie sollen sich nur vorwagen: Paris ist voll von Hugenotten! Dort in den Keller haben unsere Feinde sich verkrochen, schmieden Mordpläne und sehen fahl aus, besonders der Kardinal von Lothringen. Drück dir die Krempe in die Stirn, damit man deine fleckige Haut nicht sieht, alter Bock! Was der gestern nacht alles getrieben haben wird! Er geht in die Ecke mit Guise, und sie bereden sich. Schöner Mann, Guise. Hat die richtige Länge, um lang hinzufallen. Guise, mein Guise, ich bin der nächste Prinz vom Geblüt, nach den blutenden Valois, und nicht du, sondern ich hab ihre Schwester.

Aber der wird laut, er läßt sich nicht aufhalten, endlich hört man. Am Hof soll der andere getötet werden. Wer? Karl? Ich? Unmöglich der Herr Admiral: er geht zum Heer nach Flandern. D'Anjou macht gierige Augen: dann ist es Karl, sein verhaßter Bruder. Nein, Madame Catherine will das nicht, sie gebietet Schweigen, der Tod ihres Sohnes kommt ihr immer noch früh genug. Sie wispert: alle müssen sich zu ihr neigen, besonders aber dieser – wie heißt er, dem die Augen so eng beieinander liegen, und ich fragte mich vorhin, was er hier tut? Das ist doch unsinnig, sie können nichts unternehmen. Aber Guise zieht ihn besonders beiseite – ich weiß wieder: ein Herr de Maurevert.

Was ist das, d'Anjou bekommt einen Anfall, hat er das oft? Er will nicht länger warten auf den Tod des Mannes, der ihm seinen Bruder zum ärgsten Feind gemacht hat. Wen meint er? Dennoch Coligny? Eher ist es Geschwätz, da seine Kraft nicht ausreicht für das, was sie bereden. Übrigens zeigt seine Frau Mutter sich ungnädig und will aufbrechen. Es wird Zeit, daß auch ich – Guise verläßt das Zimmer, er wird den andern den Rückweg sichern. Sehr komisch, wenn wir beide uns in den Weg liefen! Nur schnell die Leiter hinab. »Fräulein? Wo steckst du, Fräulein?« Hat mich allein gelassen, ich muß selbst meinen Weg suchen.

Den fand er dann auch, zurück enteilend durch die Gesinderäume, wo sie erwachten und ihm blöde nachgafften; und der Ort, an dem er in den alten Hof hinaustrat, war entgegengesetzt dem vorigen Schauplatz, hinter der berühmten kleinen Treppe der Günstlinge und Verschwörer, die zugelassen werden in die Königsgemächer. Auf der anderen Seite der Rampe erschien gleichzeitig Guise. Schnell sprang Henri vor und stellte sich auf die erste Stufe: hier bemerkte ihn Lothringen.

»Woher du nur kommst so früh, Navarra?«

»Ist es früh, Guise? Da siehst du es, meine verehrte Schwiegermutter empfängt mich zu jeder Stunde.«

»Bei Madame Catherine warst du? Droben?«

»Wo denn sonst?« Henri warf sich in die Brust, er spielte den, der sich einer Ehre rühmt und hat sie gar nicht genossen. Dies versetzte den großen Lothringen in einen Zustand wunderbarer Überlegenheit. Man kommt aus einer Geheimsitzung mit der Königin selbst und trifft auf einen eitlen kleinen Lügner, der zur gleichen Stunde will empfangen worden sein. Strahlend über das helle Gesicht, die Hand in der gebogenen

Hüfte, sagte Guise: »Dann hast du es von ihr selbst gehört; dennoch wiederhole ich es ausdrücklich: dein ist der Sieg, Navarra. Der Hof von Frankreich beschließt Krieg gegen Spanien, denn, so schreibt dein Admiral in einer Denkschrift: Die Franzosen brauchen einen auswärtigen Krieg, der gerecht, aber auch leicht zu führen und gewinnbringend ist. Sonst plündern und rauben sie einer beim andern. Er kennt uns, dein Held und dein Lehrer.«

»Das ist ja verfaßt von Mornay, der immer bis an das äußerste Ende eines Gedankens geht.«

»Und grade das muß man kennen. So seid ihr gesinnt, Navarra.«

»Ihr nicht?«

»Wir wehren uns nur. Ihr Protestanten habt ein großes Gemetzel unter uns vor: das besagen die Worte eures Coligny oder Mornay. Zu unserem Heil wählen wir den Krieg gegen König Philipp – mit euch. Auf Wiedersehn in Flandern – oder nie!«

Es war nur ein falscher Abgang. Der große Blonde schwang sich sogleich wieder herum.

»Navarra! Spiel ehrliches Spiel – wie ich! Es ist wahr, daß ich Truppen in Paris zusammengezogen hatte, als du mit allen deinen Edelleuten anrücktest.«

»Ich hab davon noch mehr.« Der Kleinere begegnete seinem Blick in ebener Linie, weil er auf einer Stufe stand.

»Meine gehn heute nach Flandern ab. Handle wie ich, Navarra!«

»Ich spiele dein Spiel, aus Neigung und Gewohnheit. Denkst du noch unserer Schulzeit, Henri Guise?«

»Du gabst das Spiel an, Henri Navarra. Caesar wurde ermordet. Es versetzte uns in Raserei.«

»Dich und d'Anjou. Ihr waret gesonnen, mich ganz im Ernst umzubringen. Das sind Erinnerungen für das Leben, mein Freund.«

»Eine früh geschlossene Freundschaft ist das einzige, was nicht schon vor uns selbst stirbt. Ich schäme mich meiner Tränen nicht«, sprach Guise mit gehobenem Anstand und preßte welche hervor oder versuchte es doch. Das würde ich besser machen, sagte sich der andere auf der Stufe. Indessen empfand der von Navarra mehr Scham als Genugtuung. Das war sein Todfeind, und hätte er es nur darum müssen sein, weil er nicht die Prinzessin bekommen hatte. Beide aber ließen sie ihre Stimme vom Gefühl erbeben, während sie einander durch und durch belogen. Wären sie nur nicht wirklich zusammen Kinder gewesen! Aus Scham – worüber? Aus Scham über das Leben wie es ist, krümmte der eine auf der Stufe sich ein wenig, wobei er den andern drunten aus den Augen ließ. Als er sich nun krümmte, raschelte etwas an seiner Brust, er wußte nicht gleich, was – und faßte hin. Die Bewegung war noch nicht beendet, schon hörte er »Halt!«. Sah auf und fand gegenüber einen ganz veränderten Mann, tierisch böse das Gesicht, nichts mehr von beschönigten Erinnerungen: die nackte Gegenwart, und in der Faust den entblößten Dolch.

Da lachte Henri laut, als ob grade die schrecklichsten Enthüllungen die lustigsten wären.

»Ich könnte aber auch weinen, echter als vorhin du.«

»Weil du Mut hast, laß ich dich leben.«

»Oder auch, weil es dir schlecht bekommen würde, es nicht zu tun.« Hierbei ein kurzer Seitenblick. Mit einem Schwung, wie ein Tierkörper fuhr Guise herum: da stand ein Hugenott, den Degen aus der Scheide.

»Mein Herr und Meister spricht die reine Wahrheit«, sagten das aufgerauhte Lederkoller und das gegerbte Soldatengesicht mit dem Kinnbart. »Der Herzog von Guise brauchte nur den Arm zu heben: bevor er meinen König traf, hätte ein Gascogner Edelmann namens d'Armagnac die Ehre gehabt, den Herrn Herzog von Lothringen in zwei gleiche Teile zu spalten.«

Diese tönende Stimme aus dem Süden störte heute als erste die dumpfe Stille des Hofes, genannt »Brunnenschacht des Louvre«. Wachen liefen herbei aus dem Torbogen, der zu der Brücke führte. Die Türen ringsum öffneten sich und ließen Leute heraus. Bevor irgend jemand die Lage erfassen konnte, war Guise untergetaucht. D'Armagnac, der die Waffe längst wieder gesichert hatte, erkundigte sich überall angelegentlich, was eigentlich vorgefallen wäre. »Die beiden Kaufleute dort drüben sind sich in die Haare geraten wegen Gebühren, die sie dem Amt bezahlen sollen.«

So erklärte er im Abgehen laut seinem Herrn, dem er insgeheim zuraunte: »Nur fort von hier!« Denn der Edelmann als Diener konnte tönend prahlen und konnte die Gefahr überlisten, jedes zu seiner Zeit.

Er wußte auch einen wenig bekannten Weg, auf dem sie unauffällig das Zimmer seines Herrn erreichen sollten. »Ihr schönes weißes Hochzeitskleid, Sire! Es ist bestaubt und voll von Spinnengeweben. Das sieht ein Kammerdiener. Ein Herzog sieht es nicht, sonst hätte er schon früher Verdacht geschöpft, etwas zu früh vielleicht, da ich noch nicht ganz zur Stelle war.«

»Du paßt auf mich auf?«

»Wie eine Amme. Fallen Sie nicht!«

An dieser scharfen Biegung des Ganges lag in der Quere ein kurzer Packen, nicht ganz Menschenlänge. Nur merkwürdig, das Sackleinen ließ unbedeckt ein Paar Füße in kleinen Schuhen. Doch ein Mensch. Wie sie klein aussehn, wenn sie – Herr und Diener tauschten einen Blick. Der des Dieners riet zur Vorsicht. Der Herr hob trotzdem das Sackleinen auf an der Stelle, wo er ein fremdes Gesicht zu finden meinte. Tote sind immer fremd und nie war man auf sie gefaßt. Er fuhr zurück, rauh schrie er auf. Der Diener bedeckte ihm ohne weiteres den Mund. »Still, Sire! Schnell hinein, bevor man uns hier überrascht!« Er raffte seinen

Herrn vom Fleck weg, riß eine Tür auf und schloß sie hinter ihnen leise.

»Jetzt schreien Sie! Ich weiß, daß draußen nichts zu hören ist. Die Tat ist ruchlos, wie sie hier sind«, erklärte der Protestant mit voller Überzeugung. Da sein Herr nicht schrie, sondern starr dastand, redete er selbst weiter. »Wir täten das nicht. Ein so schönes Fräulein, freundlich, willig des Guten. Ich kenne einen Pastor, der sie heimlich in der Religion unterrichtete. Sie wäre zum rechten Glauben übergetreten.«

»Weißt du, wie sie hieß?«

»Nein. Vielleicht Kathrin, vielleicht Fleurette. Ein armes Edelfräulein, wie ich ein armer Edelmann.«

Hab ihren Namen nicht gekannt und darf nicht mehr nach ihm fragen. Wein Wut und Schmerz in dich hinein, nach außen darf nichts fließen. Die starb für mich und starb aus Liebe. Was verhieß ich heute morgen der Königin von Navarra, meiner Frau? Nach Flandern zum Heer zu gehen: ich hatte es schon vergessen.

Laut sagte er: »Wir reiten noch heute nach Flandern.«

»Das ist ein Wort, Sire. In einer Schlacht kann ich angreifen und kann auch davonlaufen. Hier nicht. Hier liegt Ihnen, wo es scharf um die Ecke geht, ein Stückchen Sackleinen vor den Füßen, Sie müssen hinübersteigen und schweigen.«

Armagnac sprach noch mehr, während er den hölzernen Kübel herrichtete, in dem Henri baden sollte. Als dieser sich entkleidete, fiel ein gerolltes Papier zu Boden. Das war es, was geknistert hatte. Das hatte Margot ihm mitgegeben: ein Schutzheiliger, laß sehn, welcher.

Da war es der geöffnete menschliche Körper, ein Blatt aus dem anatomischen Atlas. Jedem Organ entsprach am Rande sein lateinischer Name, in der Schrift der gelehrten Prinzessin, und gleichfalls von ihr hingesetzt das Bild eines kleinen Dolches – die Spitze gegen den offenen Körper geführt, mit genauer Kennerschaft der richtigen Stelle und ihres lateinischen Namens.

So war die Meinung der Prinzessin von Valois und dies war ihre Warnung. Hätte ich sie schon gekannt, was dann? Würde ich den Dolch gezückt haben, bevor Guise es tat?

»Nein«, sagte Henri hörbar. Der Diener sah erstaunt auf.

Ein Traum

Sie hatte aber einen Traum.

Margot in ihrem Traum war Dame Venus selbst und bewachte als Marmorbild ein Labyrinth aus hohen Hecken, die kühl ihren weißen Rücken beschatteten: sie fühlte es genau. Der Stein war mit Gefühl begabt, und in ihm wohnte das Bewußtsein. Hinter ihr, rechts und links der Laube, wußte sie zwei Krieger, die um ihrer Gunst willen einander töten wollten, obwohl keiner von ihnen sein nacktes Schwert auch nur um einen Zoll aufhob. Denn beide waren Figuren, der ihren gleich, waren in harte Hüllen eingeschlossen und auf Sockel gebannt, wie sie selbst. Indessen hätte ihr Gedanke genügt, und der, den sie bestimmte, wäre gestürzt und zerbrochen.

Sie sah aus ihren leeren Augen in eine Landschaft, wo alles auf sie allein, silberner Fluß, beglänzte Ufer, Paläste und die Statuen nur auf Dame Venus blickten. Statuen statt Menschen standen weithin verstreut, und sie sprachen, ohne daß es einen Klang gab. Von dir hängt ab, was geschehen soll. Entscheide dich, bis es Nacht wird. Noch fällt göttliche Sonne auf dich aus der Höhe, erhitzt deine glatten Hüften und durchdringt dich, bis sogar dein Herz schlägt. Mit dem erkaltenden Tage verlierst auch du deine Wärme, deine Kraft. Von der Dunkelheit werden belebt werden die bösen Gewalten und werden vollführen das Ungeheure, das du nicht gewollt hattest. Du warst nur eitel und lau, Dame Venus, denn dein Gefühl ist matt, und dein Bewußtsein schwach. Entschließ dich! Entschließ dich! – riefen alle Statuen auf einmal, nicht mehr tonlos, sondern wie Vögel zwitschernd, ja, in den harten Lauten kleiner Vögel »von den Inseln«. Bis alles auf einmal verstummte und eine Leere eintrat im Geschaffenen wie auch im Gedachten.

Durch das völlige und überall furchtbare Stocken des Weltalls ertönte eine unerhörte Stimme, mächtig, aber verhallend infolge überwältigender Weite des Raums. Die Träumende mußte ihre ganze Kraft sammeln und schärfer denken als jemals die Wachende: da erkannte sie endlich das Gesicht des Vorgangs. Es war eine Loggia in der Mitte eines großen Palastes, darin stand Gott. Er wartete, ließ sich vorerst nicht mehr vernehmen, gewährte ihr, Atem zu holen, damit sie nicht starb von seinem Anblick. Er hatte die Gestalt einer Statue, das Gewand hing um ihn genau und altertümlich gefaltet, ein großer Wind ging und bewegte es nicht.

Die Loggia lag in der Front des Louvre, wo sonst noch keine bemerkt worden war. Zugleich deckte sich das bekannte Gebäude mit dem Urbild des Palastes, den wir das ganze Leben lang im rätselvollen Sinn tragen; erinnern uns seiner wie aus unserer frühesten, schönsten Reise, sollen ihn nie mehr mit Augen sehen, würden ihn übrigens nirgends wiederfinden. Hier aber erstand er leuchtend von unvergänglicher Herrlichkeit und den Arbeiten der Meister – und hieß Sinai. So war sein Name. Gott in seiner Mitte wuchtete steinern, nicht höher als mittelgroß – aber da er die Lider hebt, schaudert es mich selig, und alsbald will ich schreien: Ja, Herr!, ohne auch nur seinen Willen gehört zu haben. Denn ich weiß ihn von selbst. *Ich soll nicht töten.* Jetzt bewegt sich sein kurzer, gelockter, ganz schwarzer Bart. In seine Lippen fließt Blut, so daß sie sich dunkel röten, und er ruft mich an. Prinzessin von Valois! ruft der Herr. Ich fahre zusammen, ich kann mich nicht melden vor Schrecken, weil ich mir erlaubt hatte zu träumen, ich wäre Dame Venus. Das war nur Wahn. Dies erst ist wirklich, ist die heilige Wahrheit. Madame Marguerite! ruft der Herr. Ja, Herr!

So hatte sie sich gemeldet. Zwar verfügte sie nicht über ihren tiefen klangvollen Ton: der war auf Gott übergegangen, er sprach mit ihrer eigenen, sehr verstärkten Stimme. Sie selbst lallte nur vor Gott. Aber Gott hörte sie und nahm sie an. Er sprach zu ihr, damit sie ihn genau verstände, griechisch. Sprach griechisch: Du sollst nicht töten!

Die Rettung

Sogleich erwachte sie auch, sogleich auch bedeckte sie sich und war schon unterwegs zu ihrer Mutter. Die Königin von Navarra hatte Wache mitgenommen, um den Eintritt, wenn es sein müßte, zu erzwingen. Indessen wurde sie ohne Umstände durchgelassen und sah wohl, warum. Ihr Bruder Karl der Neunte befand sich bei Madame Catherine, und zwar in hellem Zorn. Er schwur und fluchte, nur er allein sei der König und werde befehlen, nicht aber Verschwörer, die in unterirdischen Verstecken zusammenkämen.

Sein Gebrüll belästigte Madame Catherine, die zu denken hatte. Außerdem fürchtete sie für ihre Sicherheit: ihre Tochter, wenn sonst niemand, war imstande, es ihrer maskenhaften Miene anzusehen. Bereitwillig begrüßte die Mutter das liebe Mädchen und wies ihm den gewohnten Hocker an. Was Margot übrigens war, sie blieb ein Mutterkind und hockte am liebsten nahe beim Rock der Alten, um, beide Hände in die Haare gewühlt, große Lederbände zu lesen, davon drückten immer gleich mehrere ihre Knie. Gemäß der Gewohnheit nahm sie die Bücher vom Tisch, blätterte wohl auch mit den Fingern, während aber ihre Augen darüber hinweg und vom einen zum andern gingen.

Karl der Neunte wurde inzwischen betroffen von der dunklen Tatsache, daß sein unzusammenhängender Lärm nichts ausrichtete gegen die alte Frau, die ihm nur zusah. Er beschloß, furchtbarer und genauer zu sein. Er streckte den Hals weit vor, sein rötlicher Schnurrbart hing herab und auch die Hände ließ er schaukeln, aber es waren Fäuste. So prüfte er aus den Augenwinkeln, wie gefährlich seine Mutter ihm noch werden konnte.

»Hast du gut geschlafen, Mutter?«

»Dein Fest verlief geräuschvoll, mein Sohn.«

»Trotzdem warest du schon früh wieder auf und mit dir einige andere, besonders mein Bruder d'Anjou. Ich bin unterrichtet. Eure Pläne sind gegen mich – sind staatsgefährlich, sonst wäre ihr Schauplatz nicht ein Ort, in den man hinabsieht wie in die Unterwelt.«

»Das scheint nur so, mein Sohn, wenn man auf einer Leiter steht.«

»Du leugnest nicht, Mutter, und tust gut daran; denn die Person, die euch überrascht hat, wäre bereit, alles nochmals zu berichten in deiner Gegenwart.«

»Ich glaube es nicht.«

Der Sohn hörte: Du bist ein Narr. Die Tochter begriff: Sie lebt nicht mehr. Einen Augenblick neigte Margot sich in ihr Buch, indessen Karl einen Anfall bekam. Er werde seinen Bruder d'Anjou verhaften lassen, so schrie er. Die eigene Mutter trachte ihm nach dem Leben und wolle den anderen auf den Thron erheben. »Ich aber hole meine Protestanten zu Hilfe. Ich werde nur noch regieren mit dem Herrn Admiral von Coligny!« rief er knabenhaft, bei eigenem Grauen vor so viel Kühnheit. Die Wirkung entsprach denn auch den schlimmsten Befürchtungen: seine Mutter weinte. Madame Catherine wandte Steigerungen an. Zuerst stieß sie mit den kurzen Armen um sich. Langsam verwandelte ihr großes, schweres Gesicht sich in das unschuldige eines kleinen, verzweifelten Mädchens. Hierauf bedeckte sie es mit den Fingerchen, zwischen denen sie aber hindurchspähte, und dabei winselte sie. Immer höher und schriller winselte sie, ohne daß über die Fingerchen der kleinste Wassertropfen rann. Madame Catherine konnte alles anschaulich machen, nur Tränen nicht. Karl bemerkte, was ihr gelang. Das andere sah Margot.

Unter Schluchzen brachte die alte Frau hervor: »Erlauben Sie mir, Sire, daß ich mich in mein Heimatland zurückziehe! Längst zittere ich für mein Leben. Ihr Vertrauen gehört meinen geschworenen Feinden.«

Hierüber mußte er erschrecken, wie sie hoffte, und er erschrak auch. Er wollte ja nur wissen, was heute morgen beschlossen worden wäre, stammelte er hilflos.

»Das Heil Ihres Königreichs«, sagte sie; sagte es mit völlig trockener Stimme und einer so festsitzenden Maske wie je vorher. Man konnte bezweifeln, daß die Szene des Weinens stattgefunden hatte. Ihre Rede erhob sich strafend.

»Und das mußte ohne Sie beschlossen werden. Denn es fordert Handlungen, ungemein, der großen Herrscher würdig, dir aber nicht angemessen, mein armer Sohn« – dies strafend, als gewaltiger Umschwung nach dem Schauspiel der Demut. Madame Catherine saß da, bekleidet mit einer höheren Gewalt, als wenn sie niemals gebeten hätte, nach Florenz abreisen zu dürfen – wo man sie einst hinausgeworfen hatte.

Karl sah auf seine Füße, während in seinem Kopf zu vieles auf einmal irrte, schweifte und sich kreuzte: alle Andeutungen seiner Mutter aus Tagen, die noch keineswegs diese äußersten gewesen waren; damals hatte er die blutigen Vorsätze zugelassen, als wären sie nur ein Alp. Sogar seine Mutter hatte sich ihnen anfangs nicht anders hingegeben als einer angespannten Übung ihres Geistes über Abgründen. Dennoch erinnerte Karl sich sehr genau der Namen Amaury und Ligneroles, zwei Opfer seiner Furcht – schon bei geringerer Gefahr. Inzwischen hatte er sich, als Beweis seiner Selbständigkeit, mit dem Hugenotten Coligny eingelassen, hatte ihn seinen Vater genannt und in allem seinen Rat befolgt. Er war daher an der Schwelle des Krieges mit Spanien. Haus Österreich zog enger die langen Fangarme um ihn und sein vereinzeltes Land; es hatte den Süden, hatte die Mitte der Alten Welt; es verfügte über die Neue und ihr Gold, beherrschte die Kirche, durch sie aber alle

Völker, auch seins; und in sein eigenes Schloß und Bett hatte es sich gelegt unter dem Namen einer Erzherzogin, vom Gold und der Macht so starr, daß sie nicht umfallen konnte!

Was nun? dachte Karl der Neunte verzweifelt, während er seine Füße ansah. Sie gehen damit um, zu töten, alle denken nur ans Töten, aber die Guise und auch meine Mutter wollen Franzosen morden, wollen mir meine Untertanen ausrotten. Der Herr Admiral will Spanier töten: das ist mir lieber. Kommt er dann siegreich zurück, muß ich allerdings auch ihn fürchten, er wird der Stärkste geworden sein. Bis jetzt sind die Guise stärker als er und ich. Meine Mutter ist dafür, daß zuerst die Guise herfallen sollen über die von der Religion. Ich soll mich inzwischen still im Louvre halten und abwarten. Meine frische Truppe stürzt sich auf die Partei, die übrigbleibt, und schickt die Führer noch warm ins Jenseits.

Fragend blickte er auf, was von dem allen zu halten wäre. Seine Mutter nickte ihm ermutigend zu. Er war oft genug von ihr belehrt worden und verstand sie – bis zu einer gewissen Stelle: dort nicht mehr. Dort wurde sie rätselhaft und er schwach. Vielleicht würde er sie erraten haben: den ersten, entscheidenden Punkt ihres Planes – hätte nicht etwas ihn aufgehalten, ein Widerstand seines Denkens. In dem Keller heute morgen, so erkannte Karl, haben sie das Ruchloseste erst beschlossen. Ich war nicht dabei und bekomm's nicht heraus. Es macht mir kalt und eng im Magen; wer hilft mir.

Kaum gedacht, trat seine Schwester vor und griff ein. »Ich verbiete, daß ein Mord geschieht«, sagte sie mit vollem Klang.

Madame Catherine behielt einige Zeit den Mund offen. Was war dem Kind? »Du? Verbietest?« fragte Madame Catherine, jedes einzeln. Auch Karl stieß erstaunt ein Wort heraus. »Du?«

»Ich!« bestätigte Margot unbeirrt. »Und durch mich ein anderer.« Das war Gott, das Marmorbild mit roten Lippen.

Navarra droht! so dachte Madame Catherine. Um so schneller muß ich handeln.

»Wer könnte dem König von Frankreich etwas zu verbieten haben«, sagte sie höchst befremdet.

Die Prinzessin antwortete nicht, sie zeigte ein verwöhntes Gesicht.

Karl fragte: »Auch ich möchte wissen, wer hier befiehlt?« Es war eine falsche Frage, entgegen seinem eigenen Nutzen; aber seine Neugier wog vor. Meinte doch auch seine Mutter noch immer, sie habe nicht recht gehört. Das artige Mädchen! Hockt mit Büchern oder liegt bei Jungen. Allerdings schon wegen des Guise hatten wir Schwierigkeiten. Braucht sie am Ende wieder eine Tracht?

»Wenn du dich nicht erklärst« – Madame Catherine blieb vorerst noch nachsichtig, »wie soll man dich verstehn.«

»Du verstehst mich. Keinen Mord!«

»Wer spricht von Mord. Die Parteien, wir müssen leider täglich gewärtigen, daß sie übereinander herfallen: die Katholiken deines Guise, die Hugenotten deines Navarra. Es tut mir leid, Töchterchen, deinetwegen, da du dich gewiß überzeugt hast, daß jeder von beiden seine Vorzüge aufweist. Sag nur, wie wir's verhindern wollen!«

Auch dieser schrecklichen Gutmütigkeit setzte Margot wieder ihren Befehl, den im Traum empfangenen, entgegen: Keinen Mord! Sie hatte weit offene Augen und blickte durch ihre fahle Mutter hindurch in das Angesicht Gottes, tiefrotes Blut floß in seine Lippen.

»Wir sollen keinen Mord begehen: dann schlagen auch die Parteien nicht los. Das Zeichen geben nur wir.« »Wir«, wiederholte Madame Catherine, aber ungehalten diesmal, und innen wurde ihr schwül. Diese Gelehrte mit dem großen Verbrauch von Bettzeug hatte besser aufgepaßt als zu vermuten war, wenn sie harmlos an den Röcken der Mutter hing. Zu allem Überfluß bestätigte sie es selbst.

»Ich bin nicht dumm, Mutter. Ich höre manche Worte, die ihren wahren Sinn erst in der Zukunft bekommen sollen. Meinem Bruder, dem König, sagen Sie solche, die er selbst noch nicht versteht. Ich aber hatte gelernt: ich kann die Sprache der Vögel« – setzte sie hinzu, wie durch Eingebung. Es war aber eine Erinnerung an die zahllosen Statuen ihres Traumes, die deutlich zu ihr gesprochen hatten, obwohl sie nur kreischten, wie die kleinsten Vögel »von den Inseln«.

»Was meinst du, mein Sohn? Sollten wir es nicht noch einmal versuchen mit der kleinen Belehrung, die deiner Schwester so gutgetan hat? Sie erinnern sich, Sire, jenes Morgens, als Ihre dicke Margot etwas zu lange geschlafen hatte mit dem Guise.« Die stumpfen Augen hinter der Maske versuchten ein heimliches Gefunkel.

Ihm stand der Sinn nicht danach, seine dicke Margot zu prügeln. Inzwischen hatte in seinem Verstand sich dies und das gereimt; der Widerstand seines Denkens ließ nach. Er rief: »Sie hat recht zu verbieten, daß ein Mord geschieht! Ich verbiete es auch!«

»Geht!« Kalt und hart wies Madame Catherine ihnen beiden die Tür – vor der heute nicht einmal Wachen standen. Sie hatte daher das Schlimmste zu fürchten, und ihre wohlbewahrte Ruhe war überaus verdienstvoll. Dieser Nachkomme barbarischer Ritter konnte sie einfach gefangensetzen; ihr Sohn d'Anjou, so viel mehr ihr eigen, stand ihr dann nicht mehr bei, denn was geschehn ist, ist geschehn. In diesem allzu wißbegierigen Mädchen aber entdeckte sie zuerst Gefahren. Sie blieb beherrscht. »Geht.« Nur leider, sie gingen nicht.

»Der Admiral von Coligny soll am Leben bleiben!«

»Der König von Navarra soll am Leben bleiben!«

Sie riefen es gleichzeitig; die beiden Namen schlugen aneinander, jeder verdrängte jeden. Die Alte zuckte dann auch die Achseln.

»Da seht ihr's: ihr seid euch nicht einig.«
»Ich will dasselbe wie meine dicke Margot.«
»Mein Bruder, der König, wird mir helfen.«
Demnach hatte sie es mit Verbündeten zu tun. Sobald aber Madame Catherine nicht mehr die Stärkere war, pflegte sie zur List überzugehn.
»Wir wollen einen Vertrag machen, liebe Kinder. Ihr habt zwei Personen genannt. Keiner von beiden wünsche ich etwas Übles. Keinen Finger werde ich erheben, damit eine von ihnen fällt. Sollte aber dennoch eine der beiden Personen fallen, dann, geliebte Kinder, dürft ihr nicht verlangen, daß ich die andere noch schütze. Es ginge über mein Vermögen«, setzte sie hinzu, eher kläglich – denn ihre Tochter wuchs. Die Königin von Navarra wurde groß von Gestalt, vermöge Wissens und Willens.
»Ich verstehe die Sprache der Vögel«, sagte sie auf die arme Alte hinunter. »Die zwiespältige Zunge Eurer Majestät meint, daß Sie zuerst den Herrn Admiral wollen töten lassen, dann aber auch den König von Navarra, meinen Mann.«
»Kann man so reden!«
»Sie hat es heraus!« rief Karl erleuchtet. »Meine dicke Margot ist klug und weiß alles. Der Herr Admiral soll aber am Leben bleiben. Ich befehl es. Er ist mein Vater.«
»Kann man so reden!« wiederholte die Alte, verließ den beschwerlich nachhinkenden Sohn und hielt sich an die ungleich schnellere Tochter.
»Bedenke selbst, ob irgend jemand hier noch gebieten könnte – dem Haß der Parteien, der Leidenschaft der Menschen, einander zu töten.«
»Nicht den König, meinen Mann!«
»Ich könnte es so wenig wie du. Sie wollen Blut haben. Niemand weiß im voraus, womit es anfängt.«
»Du weißt es.«
»Du weißt es!« brüllte Karl.

Die Alte war zusammengezuckt; jetzt wurde sie traurig, edel traurig, kein ungeordnetes Gewinsel, die Haltung derer, die schwer trägt an vielem, das verantwortet werden muß.

»Hinter meiner Stirn«, begann sie und bohrte den Zeigefinger in ihre Schläfe, »steht aufgerichtet Haus Valois. Nicht hinter eurer. Ihr seid jung und folgt euren Begierden: Ich halte allein mit meinem Gehirn die große Last, sonst fiele sie, ihr alle und das Haus.«

Es war ihr wahrster Augenblick; auch versagte er nicht. Die alte Frau wußte diesmal selbst nicht recht, warum die beiden Verbündeten hierauf ganz still blieben. Das verwirrte sie etwas, und infolge aussetzender Berechnung machte sie gleich nachher einen Fehler.

»Du hast dich verliebt, aber du bist meine Tochter. Wir wissen doch, was von unseren Stürmen zuletzt jedesmal übrig ist: wir selbst. Der kleine Navarra tut, wie jeder deiner Männchen, sein Bestes. Eines Morgens wird er auf deinem Lager keinen Eindruck mehr lassen. Das erstemal fragst du: wo ist denn der Junge? Zum zweitenmal fragst du. Aber zum dritten fragst du nicht mehr und willst nicht so genau wissen, wie er verlorenging.« Sie hatte umsonst geredet.

Margot mit der Stimme Gottes: »Du sollst nicht töten!«

»Das wäre das Neueste«, murmelte Madame Catherine heraufschielend.

»Oder ich werde Protestantin.«

»Oder sie wird Protestantin«, brüllte Karl, und die bedrängte Mutter mußte feststellen, daß ihre Kinder einander bei den Händen gefaßt hatten.

»Ich verlange das Leben des Königs von Navarra.«

»Ich verlange das Leben des Admirals von Coligny.«

»Bleib mir mit deinem zähen alten Streithahn, der das Königreich zugrunde richtet, du aber nennst ihn Vater.« Sie entschied sich dafür, den einen dadurch vor die Tür zu setzen, daß sie mit der anderen ihren Frieden machte.

»Gut. Du reisest mit deinem Navarra nach England. Die Hilfe der Engländerin fließt spärlich; aber wir brauchen Elisabeth und ihr Geld, da dein Bruder Karl mit seinem Vater Coligny uns Haus Österreich auf den Hals hetzt. Reist, wann ihr wollt!«

Nur noch eine entlassende Bewegung deutete sie an; die Sprache versagte ihr – ob sie es nun künstlich so anstellte oder sich wirklich ausgegeben hatte.

Sofort kehrte die Tochter zurück zu ihrer lebenslangen Unterordnung, beugte den Nacken und ein Knie, ging gehorsam ab. Karl der Neunte folgte. Da er die andere Sache ganz überraschend gewonnen sah, vergaß er seine eigene – in dem Augenblick, der über sie entschied.

Zeichen

Margot ging zu Henri. Sie verzichtete auf den Vorteil ihrer Eigenliebe und tat selbst den Schritt, obwohl er sie am Morgen im Zorn verlassen hatte. Sie konnte ihn entschuldigen, weil er als Mann ohnehin der weniger Kluge war, und außerdem gab sie ehrlicherweise zu, daß er Grund hatte zu klagen, sowohl über ihre früheren Liebesbeziehungen, so vergessen sie waren, als auch über das andere. Das andere war schlimmer, und noch schlimmer für sie als für ihn; denn so fest glaubte er doch nicht, wie sie selbst es glaubte, daß seine Mutter vergiftet worden war von ihrer. Indessen hatte sie die Untat jetzt wiedergutgemacht und das unheimliche Hindernis, das immer wieder zwischen ihnen sich aufrichtete, war jetzt beseitigt: sie hatte ihm das Leben gerettet. Margot hatte für Henri gekämpft, berufen durch einen Traum von oben – hatte gesiegt und eilte beflügelt, sich ihren Lohn zu holen.

Er hatte gebadet, sich frisch angezogen, er und sein Zimmer dufteten nach Wohlgerüchen. Als sie eintrat, sah er ihr mit demselben Verlangen entgegen wie sie ihm. In beiden stand das Blut auf, ihre Körper ergriff ein Schwindel, und sie wären einander in die Arme gestürzt. Leider war ein Dritter zugegen, der kurz gebaute, aber lustige Dichter, sein Freund Agrippa.

»Redlicher Agrippa«, bestimmte die Königin von Navarra. »Lassen Sie mich dem König, meinem Herrn, ein wichtiges Staatsgeheimnis anvertrauen.«

D'Aubigné schmunzelte bereitwillig, aber bevor er das Feld räumte, machte er anstatt zwei Verbeugungen drei: die erste vor dem König, die zweite vor der Königin, und noch eine vor dem Bett. Darüber lachte das junge Paar von Herzen, und Henri sagte: »Geliebte Königin! Auf das große Staatsgeheimnis brenne ich noch mehr, als Sie erwarten dürfen« – mit Blick nach dem Lager. »Dennoch sollte Agrippa seinen Bericht beenden. Er weiß von merkwürdigen Vorzeichen.«

»Nicht Vorzeichen, Sire, das sagte ich nicht. Zwischenfälle oder auch nur auffallende Kleinigkeiten des täglichen Lebens.«

»Gehört das wirklich zum täglichen Leben in Paris, Agrippa? Sagen Sie es selbst, teuerste Königin, ob es hier die Regel ist, daß das Volk sich zusammenrottet, um eure Priester reden zu hören gegen die von der Religion. Der Pfaff steht auf dem Prellstein oder auf Stufen, und er predigt Hängen und Würgen. Plötzlich brechen alle auf, weil sie einen vereinzelten Hugenotten entdeckt haben. Der Unglückliche will laufen, der Haufe wälzt sich über ihn. Kleinigkeiten des täglichen Lebens?«

Sie war tödlich erbleicht. Das ist mehr, als ich geahnt hatte. Margot, es drängt heran, gleich fällt das Tor zu. Schneller, Margot! Fort mit mir und ihm! Daher sah sie ganz davon ab, wer sonst zugegen war. »Henri, mein geliebter Herr, hören Sie wohl zu! Wir beide werden noch heute abend, wenn die Straßen leer sind, abreisen nach England.« Eine Gebärde ihrer schönen Hand kam seinen Entgegnungen zuvor.

»Henri, mein geliebter Herr! Erkennen Sie ganz, wie eins vom andern abhängt: die Ruhe in Paris vom Sieg in Flandern, und dieser vom englischen Gold. Der Sieg des Herrn Admiral wird ein protestantischer Sieg sein, aber unter seinem Befehl kämpfen eure und unsere Truppen. Das ist das Ende der Feindschaft zwischen uns und euch. Nachdem wird niemand mehr auf Prellsteinen predigen dürfen. Darum: wir beide müssen nach England hinüber mit dem schnellsten Schiff.«

»Ich danke dir. Aber –«

»Nicht fliehen sollen wir – du! Laß mich ausreden, Henri, mein geliebter Herr! Wir fliehen nicht, wir erfüllen die wichtigste Sendung. Coligny selbst verlangt es, zum Vorteil der Sache.«

Das war ihr Einfall in der Not. Der dritte hier mochte einen gedämpften Laut, beinahe einen Pfiff, von sich geben: sie wies ihn nur zurecht mit gebieterischen Augen. Er gehorchte auch, er schwieg. Aber sein König fragte ihn: »Was denkst du, Agrippa?« Hierauf antwortete er: »Ich denke, daß die Liebe einer schönen Prinzessin das höchste Gut ist.«

Die Ehre ist höher, hört Henri sofort sein gutgeschultes Innere sprechen. Auch die Religion ist höher.

Schnell entscheidet er: »Der Admiral hat zu befehlen, er wird mir seinen Auftrag selbst wiederholen.«

»So soll es geschehn«, bestätigt die schöne Prinzessin, aber für sich ist sie fest entschlossen, die Aussprache mit dem alten Ketzer nach ihren Kräften zu hintertreiben; sie kennt die Kunst, ihren geliebten Herrn aufzuhalten, bis sie beide im Reisewagen fortrollen und alles andere zurückbleibt. Agrippa d'Aubigné gehorcht endlich ihrem Wink und geht. Sogleich haben beide in atemloser Erwartung die Arme geöffnet.

Verspätet erschienen sie bei der heutigen Festtafel; sie hätten aber pünktlich drei Uhr da sein sollen, und sogar früher als ihre Gäste, die sie eigentlich empfangen mußten. Denn dies Essen gab der König von Navarra, im Palast d'Anjou. Statt dessen traten sie unter eine Gesellschaft, die erregt schien, nur daß sie plötzlich verstummte. Drei oder vier Stunden wurde unaufhörlich gegessen und getrunken, Fleisch von allen Tieren, Wein jeden Gewächses, aber es blieb wie anfangs: die Reden waren geräuschvoll, solange sie sich in Torheiten ergingen; nur die klugen oder bedenklichen vertrugen keinen Hauch oder Blick, gleich brachen sie ab. Auch zählten die Anwesenden einander: es war eins der Dinge, die man heimlich tat. Der Erste Edelmann de Miossens lag zu Bett und sollte Koliken haben. Mehrere andere protestantische Herren waren gar nicht mehr aufzufinden, angeblich hatten sie Paris in Eile verlassen.

»Das sind Zeichen«, sagte an einem der Enden des Tisches Du Bartas zu Du Plessis-Mornay. »Aber das Auffallendste ist die große Geduld und Versöhnlichkeit derer, die noch übrig sind. Dies ist der dritte Abend, den die Hochzeit schon dauert, und mir scheint es, als ob allen diesen Unglücklichen nachgrade die Kraft verlorengegangen wäre, von ihren Sitzen aufzuspringen, in zwei Haufen sich zusammenzurotten und laut einander zu bedrohen. Manchmal schläft in den Geistern sogar der Haß, oder liegt weit hinten zum Sprunge geduckt.«

Mornay antwortete: »Wir alle zögern noch einen Augenblick, dieses Land und Königreich zu verwandeln in ein blutendes Aas, woran nagen werden alle Tiere der Erde, die Goten nehmen, was die Hunnen verschmähen, und die Vandalen die Überbleibsel vom Fraß der Goten.«

So die Sprache des tugendhaften Mornay, und sie rührte, wie schon oft, an das Äußerste. Ringsum aber zählten sie einander. Auch Katholiken fehlten, darunter der Hauptmann de Nançay. Er wurde im Louvre benötigt, wie man hörte; unbekannt, vielmehr unausgesprochen blieb, wofür. Ein Herr de Maurevert war nicht zu sehen. Manche erinnerten sich seiner besonders spitzen Nase und der Augen ohne Zwischenraum. »Der Hund!« rief der Herzog von Guise gehoben und edel. »Hatte er sich nicht unter meinem Bett versteckt! Er wollte mich um eine Gnade bitten, wie er vorgab; aber der Dolch, den er bei sich trug, sah nach Gnade nicht aus.«

Dies berichtete aus Entrüstung Guise sehr laut, auch Karl der Neunte und der König von Navarra, die einander gegenübersaßen, hätten es bei dem geringen Abstand noch hören können. Karl machte indessen selbst viel Lärm: sein

Vorteil über Madame Catherine, oder was er sich nachträglich als selbsterrungenen Sieg anrechnete, erhöhte seine Stimmung. »Navarra! Hier wollen wir nicht davon sprechen, aber du und deine Liebste, ihr schuldet mir eine ordentliche Kerze für meine Verwendung. Ohne mich wäre dein Leben billig zu haben. Ich bin dein Freund, Navarra.«

Seine Schwester ließ ihm einschenken, damit er schwieg. Sonst hätte er noch allen erzählt, daß sie und ihr Mann heute abend abgingen nach England. Das Glas Wein brachte ihn statt dessen auf seine große Liebe und Bewunderung für seinen Vater Coligny, den treuesten seiner Untertanen, den besten seiner Diener. Hörte man den König von Frankreich, dann war der Friede der Parteien unterzeichnet und die Vergangenheit vergessen.

Du Bartas an seinem Tischende sagte: »Der Herr Admiral glaubt dasselbe, trotz empfangenen Warnungen. Aber er und Karl der Neunte sind die einzigen, die es glauben. Das macht mir Sorge. Wer die Menschen auf einmal und ohne ersichtlichen Grund nicht mehr für blind und böse hält, läuft selbst sehr große Gefahren: vielmehr er hat sich schon aufgegeben.«

Du Plessis-Mornay antwortete ihm: »Mein Freund, wenn in diesem Augenblick Jesus hier einträte, zu welcher Partei würde er sich setzen? Er wüßte es nicht, denn die einen sind so sehr auf Übles bedacht wie die andern und bewahren in ihrem Herzen auch nicht den letzten Funken Liebe mehr, nicht sie und nicht wir. Ich, daß ich es nur gestehe, fürchte mich vor mir selbst; denn mir steht der Sinn nach einer Metzelei.«

»Wir kennen dich, Philipp. Nur dein Geist liebt das Äußerste.«

»Es ist in der Welt, bevor es in meinem Geist ist. Findest du, Du Bartas, daß man hier noch lange den Verstand bewahren kann? Für meinen Teil werde ich mich den Seewinden aussetzen, und wenn ich ertrinke, soll es gern geschehn, da in Schloß Louvre weit Schlimmeres sich ankündigt.«

»Du verreist zu Schiff?«

»Nach England, Geld aus Elisabeth zu ziehn.« Die Züge seines sokratischen Gesichtes schoben sich noch enger zusammen unter der hohen Stirn – aus Verachtung für das Geld oder auch für sein Glück. Selbstbetrug war nicht seine Sache, und er begriff, daß ungewollt das Glück sich ihn erwählt hatte, um ihn von hier fortzubringen.

»Madame Catherine hat mich rufen lassen. Ich soll reisen statt meines Herrn, der hierbleiben muß. Was ihm not tut, ist kein schwankendes Schiff, sondern ein festes Schlafzimmer. Wirklich kann aber nur er allein die Geister beruhigen vor ihrem Ausbruch. Mein eigener Geist, o Freund, ist nicht mehr anders abzukühlen als durch die Tiefen der Flut, und mir bleibt zu hoffen nur, daß ich darin versinken muß!« rief er hingegeben – sollte aber leben noch einundfünfzig Jahre, und manche derer, die ihn hier umgaben, keine fünf Tage mehr.

Seine Worte, denen er den Wert von Geheimnissen nicht beimaß, wurden mehrfach belauscht und verstanden, auch von der jungen Charlotte de Sauves. Die Freundin benutzte die erste Gelegenheit, als der König von Navarra seinen Platz neben der Königin verlassen hatte, um Margot zu unterrichten. Sie hatte dabei leuchtende Augen. Sie war in der Zeit, wenn manche das Lächeln des Lebens besonders anmutig erwidern. Ihr Gesichtchen, das von den Jahren bestimmt war, spitz zu werden, bekam in diesem Augenblick einen geistreichen Reiz durch die Neuigkeit, die sie überbrachte. »Madame, Majestät und Margot«, sagte sie abwechselnd und konnte nicht genug darauf bestehn, wie tapfer und geschickt zugleich der König von Navarra sich verhielt, da er hierblieb, und da er, um hierzubleiben, seine Königin belog. Denn so stellte die Freundin es dar, in allen Tönen des Lobes. Die Ehre eines Mannes verlangte, daß er sogar seine Liebe aufopferte dem Dienst! Charlotte dachte dabei: Jetzt liegt ihr den ganzen

Tag beieinander, aber einmal kommt auch an mich die Reihe, ich bin darauf neugierig. Wenn die gute Margot weiß, daß er sie schon belügt, betrügt sie ihn früher, und er sie mit mir.

Margot dachte, während sie zuhörte: Die ist neidisch. Mein Glück übertrifft alles, sträflich ist, daß man es mir so sehr ansieht. Ich hätte klug gehandelt, das Glück auf einer Reise zu verstecken, selbst wenn sie weit und gefährlich wäre. Vielleicht brächte man es heil zurück, indes hier – Ich weiß nicht, was meine Mutter vorhat, sie selbst aber weiß es. Daher kann sie gegen mich immer noch ein Blatt ausspielen. Wenn es wahr ist, was Sauves plappert, dann hat Madame Catherine meinem geliebten Hugenotten in den Kopf gesetzt, daß sein Mornay, besser als ein König, in England um Geld betteln kann. Nein! Anders! Jetzt merk ich erst, daß die Ausrede von Henri allein erfunden ist. Sie merkte es aber, weil ihre Freundin es ihr auf unmerkliche Weise untergeschoben hatte. Er schickt jemanden, damit wir hierbleiben können. Denn er ist zu tapfer, um sich in Sicherheit zu bringen, und er liebt mich so sehr, daß wir unser Zimmer nicht lange verlassen dürfen!

Dies dachte Margot, bewegt in ihrem Fleisch und ihrer Seele. Sie nahm sich undeutlich vor, noch wieder vorstellig zu werden bei der alten Königin – saß statt dessen, fühlte die Frist vergehn und hatte eigentlich an dieser Stelle schon alles aufgegeben, was nicht die Nacht und ihre Freude war.

Mein liebes Herz und meine schöne Liebe, dachte Henri in den Ausdrücken, die nur laut wurden für sie ganz allein und in den seltensten Minuten. Indessen sprach er abseits mit seinem Vetter Condé über seine Schwester: deshalb hatte er sich von seiner Königin getrennt, für eine kleine Weile, wie er meinte. Es sollte eine wohlbemessene werden. Sein Vetter sagte ihm, daß er selbst der jungen Catherine abgeraten habe, das Haus zu verlassen. »Paris ist unruhig. Das Volk wartet nach seiner Art auf Ereignisse, mit denen es sich aufzuregen hofft. Ich, soviel an mir liegt, würde es bestrafen, nicht, wenn es schon losgelassen ist, sondern solange es noch lüstern schwankt.«

»Glücklicherweise wirst du nicht gefragt. Wir wollen die spanische Weltmacht angreifen, da darf Paris nicht ruhig sein. Aus den Erregungen eines Volkes ist alles zu machen, sogar das Gute und Nützliche. Dafür sind wir Fürsten. Meine Schwester hätte doch kommen sollen, wenn meine Hochzeit gefeiert wird.«

Der Bruder bestand darauf, weil er sehr wohl unterschied, warum sie eigentlich fortblieb. Er hatte nicht handeln wollen, wie nach ihrer Meinung der letzte Auftrag ihrer Mutter gewesen war; hatte Paris nicht verlassen und die von der Religion nicht gegen den Hof geführt. Statt dessen gab er Kraft und Schicksal dahin, um die Prinzessin von Valois zu lieben: das verzieh seine Schwester ihm nicht. Er enttäuschte sie als König und als Bruder. In der jungen Catherine fühlte sich verletzt und mißachtet die tote Jeanne. Für sich selbst aber war die kleine Schwester eifersüchtig auf den großen Bruder, der eine andere küßte. Da er Kathrin kannte wie sein Blut, blieb nichts hiervon ihm wirklich verborgen; er dachte es nur abzustreiten vor Condé, nicht vor sich selbst. So sagte er: »Sie irrt, Vetter, und wenn ich abgereist sein werde, dann mach es ihr klar! Ich verlasse dennoch Paris, wie ihre Meinung und der Auftrag unserer Mutter war. Zwar werde ich nicht anrücken mit dem Heer, aber mit Gold aus England.«

»Du? Unter Säcken gebeugt, wie ein Esel?« fragte der Vetter zweifelnd, und es war nur gut, daß er zweifelte, denn so klang wenigstens die Mißachtung nicht durch. Grade hier trat Philipp Mornay zu ihnen.

»Ich selbst soll den Esel spielen, statt Ihrer, Sire.« Er reckte den Hals und wieherte. »Der goldene Esel, ein Zauberwesen, aber eine zu kostbare Fracht führt den Himmel in Versuchung; er läßt die Planken klaffen und den Esel ins Meer versinken: mir sagen Vorbedeutungen, wie es endet. Ihr Leben,

Sire, ist bei weitem teurer; man zahlt hoch dafür. Sie wissen wohl, wer«, raunte er und deutete durch die Wand hinaus, bis zu einem Ort, wo alles und auch dies Ding gelenkt wurde.

»Dann bleibe ich«, entschied Henri sofort. »Es ist sogar besser zu bleiben. Um so eher bin ich Herr meiner Entschlüsse. Ich und der Herr Admiral sind stärker, wenn wir vereint sind.«

»Auf alle Fälle hast du Margot«, ergänzte Condé und wendete sich ab. Grade das hatte Henri im Sinn gelegen, er erschrak und schwieg.

Philipp Mornay verneigte sich förmlicher, als unter ihnen sonst üblich war. »Sire, ich bitte jetzt, mich zu beurlauben. Aber da ein Scheidender einem Sterbenden ähnelt, genehmigen Sie mein Vermächtnis! Sie werden hier zurückgehalten, damit die andern nicht rechtzeitig Mißtrauen fassen und alle auf einmal, in einem allzu starken Haufen, sich aus der Stadt schlagen. Nur dadurch trügen sie noch Leib und Leben davon, anders nicht mehr, und haben auch ihren inneren Schutz so gut wie das Tier, das zurückscheut vor dem Schlachthaus. Achten Sie auf die Gespräche ringsum, Sie werden keine belauschen, worin man nicht lieber weit fort wäre und nur noch ausharrt, weil Sie das Kommende geschehen lassen, Sire.«

»Philipp, du hast im Namen des Herrn Admiral eine glänzende Denkschrift aufgesetzt für den König von Frankreich, daß seine Untertanen von Natur nichts so nötig haben, wie zu stehlen und zu töten, wenn nicht Fremde, dann einander. So übertrieben angespannt redest du auch hier wieder. Coligny ist der Freundschaft des Königs versichert. Er hegt noch weniger Mißtrauen als ich, warum bliebe er wohl sonst?«

»Er bleibt, weil ihn das Grab erwartet. Dich aber erwartet das Bett.«

Ein Schub angeheiterter Gäste trennte sie. Als Henri seinen Freund suchte, fand er ihn nicht mehr.

Und Wunder

Schon längst vollzog alles sich im zunehmenden Lärm und dem Geschiebe des beginnenden Aufbruchs. Vom Palast d'Anjou wechselte die Gesellschaft hinüber nach Schloß Louvre, dort sollte der am Morgen unterbrochene Ball weitergehen. Es war nicht laut gestritten worden heute, statt dessen aber herrschte eine sonst nicht bemerkte Blicklosigkeit der Drängenden. Sie wußten gar nicht, wen sie aus dem Wege stießen oder in ihren Knäuel verwickelten. Kaum daß sie dem nächsten Umkreis des Königs von Frankreich noch Achtung erwiesen. Henri indessen war zu weit abgetrieben, Margot sah er nicht mehr, wandernde Mauern und kein Durchblick, es ging zu wie geträumt. Daher rief er auch unbewußt: »Margot!«

Jemand antwortete: »Fort im Wagen mit ihren Damen. Hierher, Sire, zu mir!«

Henri sah nicht den, der rief. Er hatte die Stimme Agrippas erkannt: schon hörte er sie nicht mehr. »Laßt mich durch!« befahl er. »Ich will zu der Königin.« Hier erlaubte sich eine gezierte Stimme, hinter ihm und unfern seinem Ohr, merkwürdig dreiste Scherze. Welche der Königinnen er denn meinte? Elisabeth von Österreich hätte ihn wohl schwerlich hinbestellt, mit Madame Catherine hingegen bekäme er es noch immer früh genug zu tun. Henri sah sich um: der junge Dummkopf hatte sich in der Menge versteckt und tat, als wäre er es nicht gewesen. Es war aber Le Guast, Liebling d'Anjous, und was er schwatzte, hatte er von seinem Herrn, es konnte nützlich zu erfahren sein. Henri lachte und winkte, damit der Junge hervorkäme. Der schoß auch schon, so lang er war, im Bogen über einige Köpfe hinweg, erstaunlich anzusehn, und quiekte in der Luft. Es kam, weil Lévis de Léran, der schöne Page unter den protestantischen Edelleuten, ihn urplötzlich dort hinauf versetzt hatte mit einem Stoß seines Knies in das beliebte Gesäß. Die, denen der Liebling auf die Köpfe fiel, wichen aus und stürzten über andere. Die Bewegung drohte alle mitzureißen in eine gefährliche Unordnung. Ein Herr vom Hofe Frankreich, d'Elbeuf war sein Name, faßte ohne Umstände den König von Navarra unter den Arm, hob von der Wand einen Vorhang: plötzlich atmeten beide die frische Luft und waren im Dunkeln ganz allein.

Es geschah schnell, ohne Worte, war überraschend, schien mehrdeutig – und was Henri versäumt hatte, als er einsam und ohne Beistand dem Guise gegenüberstand, das tat er hier, er zückte den Dolch. D'Elbeuf sagte jugendlich beseelt: »Wenn Sie mich nicht für Ihren Freund halten wollen, Sire, hier ist meine Brust.« Und er entblößte sie.

Henri beugte sich vor, konnte das Gesicht nicht erkennen, aber auch vorhin, im Hellen, hatte er die Freundschaft noch verkannt. Er verhielt sich sogar weiterhin vorsichtig. »Gehen Sie voran! Ich will in den Louvre. Keinen Schritt vom Wege!«

Als sie anlangten, stand das Tor auf der Brücke wohl offen, aber nicht genug, und es konnte auch weder recht aufgemacht noch ganz geschlossen werden, weil die einen sich hinausquälten, während die andern sie zusammenpreßten zwischen den Türflügeln. Wildes Gebrüll begleitete die Anstrengungen. Der Schein vereinzelter Fackeln flog über verzerrte Gesichter. Henri sah Knebelbärte und rauhe Koller: die Seinen, sie wollten fort. Die hatten nicht an der Tafel der Könige gegessen, die Ärmsten der Edelleute und Gemeinen waren unbeirrt geblieben von den Verführungen dieses Hofes – hatten einigen Bürgern dieser fremden Stadt die Geldtaschen abgeknöpft und sie vielleicht erschlagen, jetzt aber wollten sie nicht selbst erschlagen werden. Für sie lag es einfach. Sie fluchten und hieben drauflos, weil die Wache des Louvre sie nicht hinausließ. Ihr König rief sie an. Sie erkannten ihn, ihr Gedränge kam plötzlich zum Stillstand. Verständlich wurde, was einer sagte: »Mord, Sire! Kommen Sie mit uns!« Henri sah sich um: sein Begleiter d'Elbeuf war noch immer bei ihm. »Tun Sie, was Ihre Leute wollen«, antwortete er auf den Blick.

Hinter dem Tor wurde befohlen: »Der von Navarra ist draußen, holt ihn herein!«

»Laßt mich hinein!« sagte Henri zu den Seinen. Sie hielten ihn aber fest. »Wir gehen nicht ohne dich, noust Henric! Wir haben Pferde in den Ställen, mit dir schlagen wir uns durch, mit dir kehren wir tausendfach wieder.« Sie umringten ihn und wagten ihn dringend anzufassen – hätten ihn auch mitgerissen in ihre Bewegung, und die war gemacht aus ihrem ganzen Vertrauen zur Natur; an ihn klammerten sie sich, wie an einen heimatlichen Rebhügel, der sie deckte und den sie nicht aufgaben gegen keine Übermacht.

Er selbst hätte nur wollen müssen. »Laßt mich mit dem Hauptmann sprechen!« verlangte er statt dessen, da er jetzt sehen konnte, wer auf der Brücke befahl. Der Hauptmann de Nançay hatte inzwischen das Tor weit öffnen lassen, alle Hugenotten mochten abziehen, er hatte es auf ihren König abgesehen. Die Knebelbärte und Koller stießen durch und trabten vorbei an denen, die nicht mehr zahlreich Henri umringten. Der Wall von Körpern um ihn zerfiel und wurde schmal. Jemand, der noch da war, raunte: »Die letzte Minute!« Schüchterne Stimme eines Freundes, der eben rechtzeitig für die letzte Minute erschienen war, zu spät, als daß er das Recht gehabt hätte, anzupacken. Er legte dennoch Hand an Henri, er nötigte ihn zu einem Ringkampf wegen jedes Schrittes, den er ihn fortzerrte vom Tor. Sie kämpften selbstvergessen, bis sie getrennt wurden, sie hatten einander Beulen beigebracht und die Kleider zerrissen.

Die Stimme des Hauptmanns rief: »Was fällt Ihnen ein, d'Elbeuf! Den König von Navarra erschlägt man nicht. Man geleitet ihn ehrfurchtsvoll in das Schloß zurück.«

Henri, der wieder klar sah, fand von seinen Leuten keinen mehr, und Hauptmann de Nançay, mit dem er allein war, schlug einen unerträglichen Ton an. »Sire, schon bei Ihrer Ankunft hatte ich die Ehre, Ihnen zu versichern: je mehr Hugenotten im Louvre, je besser. Leider sind uns soeben einige entwischt. Dank dem heiligen Bartholomäus, Sie haben wir noch.« Worauf Henri, mit der Schnelligkeit seiner achtzehn Jahre, dem Mann einen Backenstreich gab und weiterging. Er sah noch das bestürzte Gesicht des Geschlagenen. Als aber Bewaffnete ihm nachliefen, hörte er den Hauptmann »Halt!« rufen. De Nançay knirschte zuerst und stöhnte dann: »Das ist für später.«

Aus dem Haus erklang voll die Tanzmusik, Fenster standen offen, unter einem verstreuten Licht bewegten sich Gestalten einander entgegen, nur um ihre Reihen dann dennoch zu trennen. Henri stand unten und suchte nach ihr, es war Zeit, sie wiederzufinden. Immer neue wirre Vorgänge hielten ihn fern von ihr, ohne daß sie selbst ihm eine Spur zeigte oder Nachricht hinterließ. Er sah hinauf aus dem Dunkel ins Ungewisse, und ihm klopfte das Herz. Im gelben verstreuten Licht, dem milden Rauschen der Musik vollführte sie jetzt wohl ihre gewählten und kostbaren Bewegungen, gab ihren Füßen und Händen den Anschein des Schwebens, lächelte als Maske der vollkommenen Schönheit. Wir sind weder vollkommen noch edel, Margot, wenn wir nackt sind! Er faßte mit beiden Händen in die Rosen, die hinauf zu dem offenen Fenster rankten. Der Stich der Dornen machte ihm Vergnügen, das ist der Schmerz, den du mir schenkst! Wäre auch geklettert am Spalier – leider plumpsten aus dem unteren Saal einige angetrunkene Tölpel, Schweizer, die sich draußen erleichtern wollten, und das nirgends sonst als auf die Rosen und den Verliebten. Der entwich in den Saal, und draußen brüllten sie bei ihrem Geschäft vor Lachen.

Das war der Wachsaal, von einzelnen Fackeln ungleich erhellt, und niemand drinnen, außer vier Steinfiguren, die eine Tribüne tragen. In den nächsten, davon abgetrennten Raum führen drei Stufen, man stolpert über sie und weiß nicht, wohin man gerät. Hohes Gewölbe, vom Ball dort oben kaum noch die Erinnerung eines Geigenschluchzens, und kein Licht mehr. »Holla! Niemand hier?«

»Allerdings, jemand hier«, antworteten gleich zwei, und Henri, scharf und wach, erkannte die Stimmen, er unterschied auf dem schwarzen Grunde ihre weißlichen Regungen. »D'Anjou und Guise«, rief er ihnen entgegen. »Die Muntersten auf meiner Hochzeit!«

»Du, Navarra?« sagte d'Anjou so trocken wie immer. »Deine Sache wäre Tanzen oder Bettliegen. Unsere sind Sorgen. He! Licht!« sagte er, nicht lauter als das vorige, und es hörte auch niemand.

»Ich bin neugierig auf eure Sorgen. Denn ich kenne euch als Freunde, wie ich sie liebe, ohne Furcht, ohne Falsch.«

»Das sind wir«, sagte Guise. »Darum machen wir auch so ehrliche Anstrengungen, damit in Paris der Aufstand nicht losbricht, wegen deiner Heirat.«

»Sie lieben hier nun einmal keinen Ketzer. He, Licht«, murmelte d'Anjou.

Henri sagte: »Darum laßt ihr, besonders aber du, Guise, immer mehr Truppen hereinkommen, verbreitet aber in der Stadt das Gerücht, es wimmelte hier von Soldaten des Herrn Admiral.«

»He, Licht. Das hat nichts zu sagen; sie sind versöhnt, Coligny und Guise. Mein königlicher Bruder hat sie versöhnt.«

Diesmal erschien Licht: es war Condé, der Vetter Henris. Er hatte reichlich Diener mit Armleuchtern bei sich. »Ich war um dich in Unruhe, Vetter. Nur gut, daß ich dich in so sicherer Gesellschaft finde.«

»Sie sind versöhnt, weißt du es schon, Vetter Condé? Guise und Coligny haben Freundschaft geschlossen aus Gehorsam gegen den König.« Die Kerzen leuchteten allen in die Gesichter. Henri empfand eine neue, eigentümliche Begier, auch die Dinge dreist ins Licht zu stellen. »Schon dein Vater, Guise, und alle die Deinen, wollten den Herrn Admiral töten lassen; aber bevor es ihnen glückte, ließ er selbst deinen Vater töten. Seitdem zündet ihr einer am andern eure Rachsucht an, jeder neue Guise an dem, der schon da war.«

»He, Licht«, sagte d'Anjou aus Bestürzung, obwohl er reichlich beleuchtet war.

Guise wiederholte unerschütterlich: »Ich bin versöhnt mit Coligny. Er hat trotzdem sein Garderegiment hergerufen, aber ich traue ihm.«

»Er hat niemals deinen Vater töten lassen. Er schwört es«, versicherte Condé.

»So wahr sind auch meine Schwüre«, erwiderte Guise.

»Spielen wir doch Karten«, verlangte d'Anjou.

»Du möchtest ihn töten lassen«, erklärte Henri, ohne sich zu ihnen hinzusetzen. Die Karten wurden gebracht und gemischt, niemand schien gehört zu haben. Plötzlich schlug Condé auf den Tisch.

»Er glaubt alles, weil Karl ihn seinen Vater nennt. Seine Frau ist abgereist nach seinem Schloß Châtillon. Er selbst sollte längst in Sicherheit sein.«

»Warum setzest du dich nicht, Navarra?« fragte d'Anjou etwas undeutlich, denn seine dicke Lippe zitterte. Er hatte Furcht.

»Weil ich hinaufgehe zu der Königin.«

»Geh nur! Deine Heirat erhält den Frieden. Möge die Hochzeit ewig dauern.«

»Ich will auch nachsehn, wie viele wieder fehlen: von meinen Leuten und von euren. Dein Hauptmann Nançay, ich weiß jetzt, welcher Dienst ihn abhielt. Wo steckt nur der Mann, den du unter deinem Bett überraschtest, Guise? War es nicht ein Herr de Maurevert?«

»Ich kenn ihn nicht und hab ihn nie gesehn«, schrie Guise ganz ohne edle Geziertheit. D'Anjou sagte ängstlich und meinte Navarra: »Setz dich oder geh!«

Der Vetter hielt Henri zurück. »Weißt du nicht, in welchem Zustand du bist, Vetter? Deine Kleider sind zerrissen, dein Gesicht ist geschwärzt. Woher kommst du?« Henri flüsterte ihm schnell zu: »Sie halten unsere Leute mit Gewalt zurück.«

»Fort, schlagen wir uns durch!« flüsterte Condé.

»Nein.« Laut sagte Henri zu einem Haushofmeister: »Ich will es sogleich erfahren, wenn die Königin von Navarra ihr Zimmer aufsucht.« Damit setzte er sich, und sie spielten.

Ihr Tisch stand unter dem großen Kamin, aber hoch oben der Sims trug die Armleuchter. Das Licht der Kerzen verbreitete sich gedämpft über die Spieler. In einem stolzen steinernen Schatten verharrten Mars und Ceres, zwei Figuren, die diesen Kamin stützten, seitdem ein Meister, genannt Goujon, sie vordem aufgestellt hatte. Denn die hinterlassenen Gestalten vergangener Meister sind verharrend und stützend noch immer zugegen, indessen die Leidenschaften der Lebenden herunterbrennen gleich Kerzen und hinterlassen nichts. Das erkennt ein Achtzehnjähriger nicht im Spiegel, und durch den Ablauf der eigenen Minuten erfährt er es nicht. Henri aber hatte gegenüber sich selbst d'Anjou, die bebende Lippe, den unsauberen Flaum am Kinn; und dieses drückte sich in eine so zart gerollte Krause, während der Thronerbe seine Augen wie Schrauben durch die Karten bohrte. Sein Spiel stand schlecht, zu urteilen nach den angstvoll verschobenen Brauen. Verkrüppelte Ohren, die Haare derart angesetzt, daß Schläfen und Wangen halbwegs einen äffischen Umriß bekamen: daran war abzulesen, und auch an der gemeinen Nase, daß einer töten will und daß er selbst den Tod fürchtet. Auf seinem Barett glitzerte Geschmeide, auf sein Gesicht gelangte keine innere Helligkeit. Es war armselig, weil nur schwärzliche Geister es umspielten. Madame Catherine! sah der von Navarra. Ihre wahre Frucht: der hätte sie ihr Genie der Finsternis mitgeben wollen. Mißlungen, er tut mir leid, weil er nur unter dem Schutz ihrer Röcke mit Glück vielleicht töten wird, allein aber, ohne die Alte, verliert er das Spiel.

»Trumpf!« rief Navarra und schlug seine Karte nieder, auf einen Haufen anderer. Das Licht der Kerzen verbreitete sich von oben leise schwankend. D'Anjou beugte sich vor, er berührte die zuletzt hingeworfene Karte, zog schnell die Hand weg und besah sie. Hierauf tat Condé dasselbe, nur heftiger. Die beiden anderen widerstanden der Regung, sie mußten nicht greifen, sie hatten erkannt. »Blut!« sagte Guise unwillig. »Wer blutet hier?«

Navarra hielt seine Hände offen hin: sie hatten Risse wie von den Nägeln eines Gegners, mit dem man ringt, oder wie von Dornen. Aber nirgends sickerte Blut. Darauf besah d'Anjou seine eigenen Hände, er konnte sie nicht ruhig halten; sein Gesicht überzog sich, anstatt zu erbleichen, wie mit Asche. Condé und Guise warfen auf ihre Hände nur einen Blick, beiden gleichzeitig fiel es ein, die aufgehäuften Karten auseinanderzurühren. Auf einmal waren alle ihre Finger rot. Das war nicht nur eine Karte, alle Karten klebten, sie lagen in einer Lache, Blutflecken auf dem Tisch! Die Diener wurden verhört, der Tisch abgewischt, der Haushofmeister brachte neue Karten.

Diesmal wurde das Blut zuerst gesehn, als Guise ein Blatt niederschlug, aber an seine Hände dachte er nicht mehr, und keiner von ihnen an die seinen oder andere Menschenhände.

Unter den Karten hervor, langsam, unausweichlich, rann es, sickerte, floß zusammen, breitete sich aus. Sie mußten erstarrt dabei sein, sie konnten dagegen nichts, als sich klein machen und vorübergehen lassen dies Kältegefühl, das sie ankam von jenseits, dem Reich des Unbekannten. Guise zuerst entriß sich dem Schauder, er sprang auf und fluchte. Weiß war er wie das Tuch, das der Haushofmeister schon wieder über den Tisch führte; Henri indessen bemerkte gezeichnete Flecke auf seiner linken Wange. Verwirrung? Seine eigenen Finger schienen das, ihr Mal, und es war doch mit einem Backenstreich einem anderen aufgedrückt, dem Hauptmann beim Tor! Guise hatte genug, er verließ geräuschvoll das Zimmer. Condé packte plötzlich den Haushofmeister, der erschrak.

»Du machst das mit deinem Tuch. Du hast das Blut in dem Tuch. Verdammter Taschenspieler, woher kommst du?«

»Aus dem Kloster Saint-Germain«, sagte der Mann überraschenderweise und erschrak noch mehr, als hätte er das nie gestehen dürfen. Condé fragte nicht weiter, in seiner Wut stieß er den Mann zu Boden und trat auf ihn mit beiden Füßen. Henri sah sich um: von d'Anjou fand er keine Spur mehr. Aber der junge Lévis, Vicomte de Léran, unter den Protestanten der schöne Page, entstieg strahlend dem Dunkel und meldete: »Die Königin von Navarra erwartet Sie, Sire.«

Lauern

Deine Sorge ist Tanzen und Bettliegen, hatte jemand ihm gesagt, aber das war ihm der Sorge zuviel, schon allein das Bett nahm ihn dahin, ganz, und er hätte fürchten können: für immer. Margot gab Freuden, die mehr waren als nur Freuden; sie waren eine Zuflucht, die einzige noch übrige, und lohnte die Gefahren, vergalt die Erniedrigung, beschämte die eigenen Gedanken. Margot, deine Mutter hat nur meine Mutter getötet, du aber lieferst mich selbst ihnen aus wie Dalila den Samson. Margot, warne mich nicht, sprich lateinisch Verse mit deiner dunklen Schlafstimme, beim Lieben. Margot, ich kann im nächsten Augenblick gerüstet dies Zimmer verlassen und alle Deinen niedermachen. Ich habe genug der Meinen hier im Schloß Louvre, sie warten nur auf mich, wir wären früher bei Madame Catherine als ihre schnellsten Spioninnen. Ich bin der Herr, zu tun, was ich will, aber ich küsse dich, da du unersättlich bist! Margot, höheres Wesen, denn das seid Ihr, und darum niemals wirklich unser! Margot, Ihr habt wenig Seele, gemessen an meinem Hochgefühl. Deinen Leib, Margot, bevor er altert! Was wird einst werden aus meinen belles amours! Ich werde dich verlassen, das ist vorauszusehen, und du wirst mich verraten. Ein gefährliches Tier, eine böse Frau! Margot, verzeih – mehr bist du, viel mehr als ich, die Erde selbst, auf der ich liege, reite und dahinfliege bis in den Himmel selbst!

Dies alles empfand er, begeistert und verzweifelt in einem. Denn nichts ist der Verzweiflung näher als die Begeisterung, diese empfängt aus ihr das Beste. So in der Jugend. Das Mannesalter entfernt sich von den Quellen und vergißt sie. Wer ihnen immer nahe bleibt, wird leben und ein Mensch sein wie Henri von Navarra, später von Frankreich und Navarra.

Man erwacht, und richtig, ein Tag ist wieder da. Wäre er nur schon vorbei! Womit wird man ihn hinbringen. Was erfinden die anderen, die nicht als Hauptteil des Lebens die Nacht haben. Sie sind aber tätig, und ihre verschiedenen Werke und Arbeiten erweisen sich nicht weniger sinnreich als die der Liebe und reichen so tief hinab wie der Schlaf. So geht der Herzog von Guise in das Kloster Saint-Germain-l'Auxerrois, das zwischen Schloß Louvre und der Straße Dürrer Baum liegt. In der Straße wohnt der Admiral von Coligny, nach dem Schloß begibt er sich oft, an dem Kloster konnte man vorbei. Hinter einem vergitterten Fenster wartet jemand, seit gestern schon, unermüdlich hinter Stäben lauernd.

Karl der Neunte sagt: »Mein Vater Coligny« und erwartet ihn heute vergeblich. Es ist der Zwanzigste. Hinter Stäben lauert einer. Guise spielt Ball mit Karl, er denkt hinter seinem hellen freien Gesicht das Wort »lauern«. Er denkt, daß schon gestern der Haushofmeister, der ihm zu Diensten ist, im Kloster jemand eingesetzt hat. Neben dem Manne lehnt ein Gewehr, und er lauert.

Madame Catherine bleibt unsichtbar, vor ihren Türen stehen Wachen, draußen und drinnen, und sie bewegt sich am Stock, aber unhörbar, von einer zur andern. Jedem späht sie von unten ins Gesicht, und der Soldat starrt über sie weg ins Leere. Lauert, denkt Guise. Denkt, daß hinter dem Gitterfenster die Wohnung des Domherrn, seines alten Lehrers, bereitsteht zur Tat. Den Haushofmeister liefert ein Verwandter, das Gewehr ein anderer, und vom Galgen hat Urlaub der Mann, der dort lauert. Lauert.

Diesen Zwanzigsten war auch Theater, unter Mitwirkung des Königs von Frankreich, bei versammeltem Hof. Rechts Paradies, links Hölle, wie es recht und wahr ist. Den Eingang des Paradieses verteidigten drei Ritter, das waren Karl der Neunte und seine beiden Brüder, noch niemals hatte man sie so einig erblickt. In der Hölle benahmen große und kleine Teufel sich unflätig und albern. Den Hintergrund aber bildeten die Elysäischen Gefilde, bevölkert von zwölf Nymphen. Alles wäre in Ordnung gewesen, aber dramatisch ist vielmehr, daß die Welt in Unordnung gerät, und so unternahm ein Haufe irrender Ritter, das Paradies zu erstürmen. Diese wurden indessen von Karl und seinen beiden Brüdern besiegt und bis in die Hölle gejagt. Übrigens trugen sie Kinnbärte und rauhe Koller.

Margot! Könnten wir uns nicht von hier entfernen, denn es wird hohe Zeit, daß ich dich entkleide, dein Fleisch brennt!

Guise denkt: Lauert. Der Galgenvogel Maurevert lauert. Mein Domherr, der den großen Protestanten haßt, und mein Haushofmeister, den Condé getreten hat mit beiden Füßen – lauert.

Ich bin der König von Frankreich und verteidige das Paradies, denkt Karl. Kinnbärte und rauhe Koller, in die Hölle mit euch! Von eurer Religion ist allerdings auch mein Schwager, sogar mein Vater. Das hier hat denn auch sonst nichts zu sagen, als daß ich Theater spiele. Der Umfang meiner Brust macht Jupiter neidisch, und nur an Herkules sind meine Schenkel zu messen.

Jetzt geschah, daß vom Himmel herab Merkur und Cupido stiegen – über einen Regenbogen von natürlichem Aussehen, der aus Wolken sein Licht empfing. Diese Götter erschienen nicht nur wegen der seltsamen Kunst der Maschinen, sondern besonders, damit das Ballett beginnen konnte. Auf ihre Bitte holten die drei Ritter des Paradieses die Nymphen nach vorn bis in die Mitte des Saales. Die Vorführungen dieser unsterblichen Wesen, die aber nur Schauspielerinnen waren, dauerten über eine Stunde: solange blieben Kinnbärte und rauhe Koller in der Hölle ausgesetzt dem lächerlichen Unflat der rot wabernden Teufel.

Margot! Könnten wir uns doch unverzüglich von hier entfernen, denn es wird hohe Zeit, daß ich dich entkleide, dein Fleisch brennt!

Lauert hinter Stäben, lauert hinter Wachen.

Margot! Könnten wir doch!

Lauert.

Ich, der König, bin der Stärkste. Zum Schluß heben wir die Nymphen in die Luft, und die schwerste heb ich selbst.

Lauert. Mag noch ein anderer Tag vergehen und sollen sie sich bei neuen Festlichkeiten und Spielen verkleiden vor den Damen, wer prächtiger oder auch sonderbarer wäre, Navarra als Türke, Guise sogar als Amazone. Darum bricht endlich doch der zweiundzwanzigste an, ist ein Freitag, und schon seit dem neunzehnten, in der Wohnung des Domherrn, zwischen Dürrem Baum und Louvre –

Lauert.

Freitag

Der Admiral Coligny, Gaspard Herr von Châtillon, war ein Mann von so viel Macht und Ansehn, daß er niemals allein ausging. Sein ganzes Leben lang war er umringt gewesen von Heeren, die er befehligte, und hatte im Rat gesessen, wenn nicht als Günstling der Könige, dann als Empörer gegen sie. Da jetzt Karl der Neunte ihn Vater nannte, haßten die einen ihn inbrünstig, und andere fürchteten für ihn und sein Leben, wenn auch weniger eifrig. Auf seinem Gang zum Louvre, am frühen Morgen dieses Freitags, schlossen ihre Leiber ihn ein wie ein Wall. Der Herr Admiral sprach in geheimer Sitzung mit dem König über Geld: der Sold, den sie den deutschen Landsknechten noch schuldeten aus dem vorigen Kriege, und den hatten sie beide gegeneinander geführt.

Der Herr Admiral begleitete nach der Sitzung den König von Frankreich zum Ballspiel. Er sah den König die Partie beginnen mit dem eigenen Schwiegersohn des Herrn Admiral und einem dritten, es war Guise, früher sein Feind, jetzt versöhnt durch königliches Belieben. Dann verabschiedete sich der Herr Admiral, um zurückzukehren in die Straße Dürrer Baum, und auf dem Weg las er Briefe. So kam es, daß seine Edelleute, um ihn nicht zu stören, etwas freien Raum ließen. Ungedeckt überschritt er den Platz beim Kloster Saint-Germain. Ein Schuß fiel, und dann noch einer. Der erste hatte, mit einer kupfernen Kugel, dem Herrn Admiral einen Zeigefinger zertrümmert, der zweite verwundete ihn am linken Arm.

Der Herr Admiral ließ sich zu einer besonderen Erregung nicht herbei. Seinen fassungslosen Begleitern zeigte er das

Fenster, um dessen Gitter noch ein Rauchschwaden hing. Zwei Herren rannten hin, indessen klapperten hinter dem Hause schon die Hufe eines galoppierenden Pferdes. Einen dritten schickte der Herr Admiral zum König, damit er ihm Meldung machte. Noch war das Ballspiel nicht aus, Karl der Neunte zog sich sofort zurück. Er war entrüstet und er fühlte Angst. »Der Mörder soll es büßen!« sagte er, und »Werde ich denn niemals zur Ruhe kommen?« versuchte er zu sagen, aber seine Zähne schlugen auf, obwohl ihm versichert wurde, vom Herzog von Guise und mehreren Gefälligen, es wäre die Tat eines Wahnsinnigen.

Die beiden Edelleute, die gerannt waren, kehrten zurück zu dem Herrn Admiral; er hatte sie auf derselben Stelle erwartet. Sie keuchten, daß der Elende ihnen im Gewirr der Gassen entkommen und jetzt schon weit wäre. Sie aber hatten ihn erkannt: es war ein Herr de –

»Halt!« gebot der Herr Admiral. »Nicht seinen Namen. Ich fühle mich schwer getroffen, vielleicht werde ich sterben. Ich will den nicht kennen, den ich in meiner letzten Stunde aus menschlicher Schwäche hassen könnte.«

Die einen stützten ihn beim Weitergehen, denn er war bleich und blutete reichlich. Die Nachfolgenden flüsterten zusammen über den noch unklaren Sachverhalt. »Er hat unter dem Bett des Guise gelegen und wollte ihn töten. Warum dann gleichzeitig seinen größten Feind? Weh uns, wenn dahinter Guise steckt – und er steckt dahinter.«

»Wie es Gott gefällt«, sagte der Herr Admiral zu Haus in der Straße Dürrer Baum vor seinen Leuten, die bei seinem Anblick tödlich erschrocken auf die Knie stürzten.

Ambroise Paré war ein geschickter Chirurg und war von der Religion. Er bot alle seine Kunst auf, nachdem er sich selbst und seinen Patienten im Gottvertrauen bestärkt hatte. Dreimal war es nötig, zu schneiden, dann fiel der zertrümmerte Finger. Unvermeidlich erlitt der Herr Admiral furchtbare Schmerzen. Diese bewirkten, trotz aller seiner Geduld und Seelenheiterkeit, dennoch ein Versagen der Natur. Als der König von Navarra und der Prinz von Condé an sein Bett traten, konnte er zuerst nicht sprechen. So ließ er zu, daß die Besucher ihm erzählten, was sie wußten, weil alle bei Hof und in der Stadt es kannten. Denn die nackte Wahrheit war ganz von selbst aus einem Brunnen gestiegen und lief die Gassen ab, in schnellerem Galopp als sogar der Mörder auf seinem Falben. Der Mörder war gedungen von Guise.

Coligny sagte endlich: »Ist das die schöne Versöhnung, für die der König gebürgt hatte?«

Sichtlich rief er Gott als Zeugen an, denn den Nacken über den Rand seiner hohen Kissen schiebend, drehte er die Augäpfel aufwärts und noch weiter, bis von ihnen nur ein schmaler Bogen außerhalb der Lider blieb. Eingesunkene Wangen, und der alte harte Mund löste die Lippen voneinander, als ob er Befehle nicht mehr aussenden wollte, sondern in Erwartung offenstände, ob sie herabkämen. Schmerzliche Schläfen, aber auf der grell beleuchteten Stirn strebten die Falten steil durch Gewölk. Lieber das Martyrium, als mich verleugnen und als dich verlieren, o mein Gott! So beteuerte dies Gesicht, und erschien zugleich hingegeben und hochtrabend.

Navarra und Condé überlegten natürlich, daß trotz allem der Tod des alten Guise auf die Rechnung des Herrn Admiral käme: wenigstens sagte man es. Sie fanden begreiflich, daß er selbst es nicht zugab. Ebensosehr leuchtete ihnen ein, daß der Sohn des Ermordeten noch niemals wirklich verzichtet hatte auf seine Rache. Aber jetzt hat er genug, meinte Henri für sich. Ein Finger genügt. Ich kann den Tod meiner armen Mutter mit keinem abgehackten Finger bestrafen. Der Anblick des Greises sowie der Vergleich mit seinem eigenen Fall machten beide, daß ihm Tränen in die Augen traten. Sein Vetter Condé, weniger empfindsam und nicht besonders zart, sagte heraus, was er dachte: »Herr Admiral, Ihre Versöhnung mit dem Guise konnte auch der König nicht verbürgen. Sie selbst mußten sich hüten vor einem Mann, dem der Vater getötet worden war.«

»Nicht durch mich!« beteuerte Coligny stark. Er sah sie an, er wollte sich aufrichten: bei der Bewegung hätte er fast geschrien, solche Schmerzen verursachte sie seinem Arm. Sein Diener und sein Hausgeistlicher eilten ihm zu Hilfe. Condé schwieg bestürzt.

»Ich«, sprach Coligny feierlich, »habe den Tod Lothringens nicht gewollt noch vorausgewußt. Er selbst betrieb den Plan, mich zu töten, und heute durch die Hand seines Sohnes hat er ihn zuletzt dennoch ausgeführt. Ich aber hatte gegen ihn nichts vor. Das ist wahr. Gott helfe mir.«

Sie hörten ihn, und man konnte den Eindruck haben, daß auch Gott ihn hörte. Navarra und Condé grüßten und zogen sich zurück, nicht nur, weil der Wundarzt es verlangte. Condé war eingeschüchtert, die vorgebrachte Beschuldigung nahm er vor seinem Vetter ausdrücklich zurück. Navarra schwieg; in seinem Innern glaubte er dem Herrn Admiral kein Wort. Vielmehr erschien ihm gewiß, daß Guise begreiflichen Grund gehabt hatte für seinen alten Haß gegen Coligny. Er hatte einen Mörder ausgeschickt zu dem, der einst den Tod seines Vaters gewollt hatte. Viel weniger oder gar nicht hatte er den Mörder entsandt zu dem Führer der Protestanten. Der ist nicht gemeint, und daher haben wir andern für uns nichts zu fürchten. Margot! rief es in ihm, obwohl er weiterdachte. Auch der Alte wird nicht sterben. Er ist nur gewohnt, sich feierlich zu nehmen und sogar in zweifelhaften Fällen Gott auf seine Seite zu bringen. Margot! rief sein Herz stürmisch dazwischen, und er beschleunigte den Schritt.

Ambroise Paré legte seine Instrumente bereit, um auch den zerschossenen Arm zu schneiden. Cornaton, der treue Diener des Herrn Admiral, und sein Hausgeistlicher Merlin weinten, während sein deutscher Dolmetsch, genannt Nikolaus Müß, die große Leidensgestalt versunken betrachtete, denn er liebte und verehrte sie. »Auch diesmal ist es ein Freitag, nach dem Vorbild unseres Herrn.« Dies flüsterte er in dem stillen Zimmer.

Der von Navarra tat inzwischen, was durch die Selbstachtung geboten war. Zusammen mit Condé und dem jungen La Rochefoucauld ging er zu Karl dem Neunten und beschwerte sich über den Angriff, der in der Person des Herrn Admiral auf ihn und alle von der Religion wäre verübt worden. Karl selbst vermochte kaum zu sprechen: er war in Wahrheit noch tiefer getroffen als Navarra. Er stotterte nur, das wäre seine eigene Wunde – sein Finger, sein Arm! Er schüttelte diese Glieder vor ihren Augen zum Zeugnis, daß er die Untat rächen werde. Aber seine Mutter ließ ihn nicht ausreden; denn sie war zugegen, Madame Catherine hatte die Tür aufgemacht, sobald sie die Ankunft der protestantischen Herren erfuhr. »Ganz Frankreich ist verwundet!« rief sie. »Jetzt kann es nicht mehr lange dauern und sie vergreifen sich an dem König in seinem Bett!« Wobei sie große Furcht sehen ließ und ihrem armen Sohn auch wirklich bange machte. Denn er wollte noch immer nicht ernstlich glauben, daß seine Mutter gegen ihn verschworen sein könnte mit anderen. Navarra, der dies durchaus wußte, geriet dennoch ins Schwanken; Madame Catherine überzeugte ihn fast, weil sie in ihrer Art aufrichtig war. Der Mordversuch an dem Admiral kam ihr zu früh; Guise hatte eigenmächtig gehandelt.

Navarra bat nicht noch einmal, Karl möge ihn und die Seinen entlassen, es wäre für sie nicht mehr sicher in Paris. Gern nahm er das Versprechen mit, daß der König selbst den Herrn Admiral besuchen wollte. »Und ich auch«, sagte die alte Königin schnell. Das fehlte noch, daß ihr armer Sohn mit seinem sogenannten Vater sich ohne sie aussprach!

Der Verwundete aber ertrug zwei Einschnitte in seinen Arm, die gemacht werden mußten, um die Kugel zu entfernen. Wer das Gesicht abwendet von seinem gemarterten Fleisch und den bezwungenen Schmerz dem Herrn darbringt, behält eher seinen Mut, als wer dabeisteht und genötigt ist, nichts vor Augen zu haben außer einem verwüsteten, blutspritzenden Glied des vergänglichen Leibes. Der Herr Admiral tröstete die anderen, bis Pastor Merlin sich darauf besann, was seines Amtes war. Er richtete an Gott ein glühendes Gebet, und es kam rechtzeitig, denn der Kranke hatte, bis er verbunden war, so viel Blut verloren, daß seine Kräfte bedenklich nachließen. Der Chirurg war sehr ernst, auch er in seinem Herzen betete, während er sein Ohr an die Brust des Patienten legte.

Als der Herr Admiral endlich die Augen wieder öffnete, war sein erstes, dem Herrn zu danken, so laut er konnte, für diese Wunden, deren er war gewürdigt worden. Wenn Gott ihn nach Verdienst behandelt hätte, um wieviel mehr noch müßte er dann leiden! Der Pastor erkannte wohl, was dem Todkranken selbst verborgen blieb: er wollte mit solchen Bekenntnissen seine Mörder eigentlich ins Unrecht setzen. Das war unerlaubt, und Merlin warnte ihn. Sogleich erklärte der Herr Admiral, er verzeihe ihnen. Mit aller Demut, deren er bis jetzt fähig war, beichtete er dem Herrn und empfahl sich seiner Gnade.

»O Herr! Was würde aus uns, wenn Du auf unsere Sünden blicktest. Rechne mir gnädig an, daß ich alle erdichteten Götter verworfen habe und niemand anbete als Dich, den ewigen Vater Jesu Christi!«

Mit den erdichteten Göttern meinte er die Heiligen – meinte aber auch Mars und Ceres, deren unverschämte Leibespracht dargeboten wurde an einem Kamin mitten im Königsschloß, sowie Pluto oder Jupiter, verkörpert bei Maskenfesten von dem halbnackten König. Coligny liebte die

Welt nicht, sosehr er um sie gekämpft hatte; glaubte an das Körperliche nicht, und für ihn bestand die Wahrheit aus dem, was man nicht sieht. Er sagte zu Gott, den er kannte: »Wenn ich denn sterben muß, wirst Du mich auf der Stelle aufnehmen in Dein Reich, zu ruhn bei den Glückseligen.« Der Admiral Coligny hatte kämpfen müssen um eine schnöde Welt: Ruhe wäre ihm nicht ungelegen gekommen.

Eins indessen drückte ihn, von einem wollte er den Herrn, der es vielleicht anders ansah, dennoch überzeugen. Während seiner vorigen, hinangerichteten Worte ging dies im stillen immer mit; auf einmal sprach er es laut. »Ich bin nicht schuldig am Tode des Guise. Herr! Ich tat es nicht.«

Jetzt hatte er gesprochen, die Worte waren zu Ende; nur war die Frage, ob sie wirklich hinaufgelangten und angenommen wurden. Der angstvolle Blick hing ihnen nach. Da trat der König von Frankreich in dieses Zimmer.

Er hatte zu Mittag gegessen, es war zwei Uhr, und er wurde begleitet von seiner Mutter, seinem Bruder d'Anjou und zahlreichen Herren, unter ihnen Navarra mit andern von der Religion. Karl der Neunte trat zum Bett des Verwundeten und sprach: »Mein Vater, Sie haben die Wunde, aber ich den Schmerz. Ich schwöre eine so schreckliche Rache, daß sie nie erlöschen soll im Gedächtnis der Menschen.«

Hierbei fing es an, Madame Catherine und ihrem Sohne d'Anjou nicht ganz wohl zu werden. Alle Blicke fielen von selbst auf sie. Auch stellten sie fest, daß unter den Anwesenden die Mehrzahl Protestanten waren. Sie wußten aber, daß draußen der Herzog von Guise seine Maßnahmen getroffen hatte. Inzwischen mußten sie anhören, wie der alte Aufrührer sich dem König als seinen einzigen Freund empfahl. Was für Sorgen machte sich ein Mann, der doch sterben sollte! Coligny sagte: »Ist es nicht eine Schande, Sire, daß in Ihrem geheimen Rat keine Frage behandelt werden kann, ohne daß sofort der Herzog von Alba alles erfährt?« Katharina von

Medici dachte sich hierbei, daß nur das Gegenteil verwerflich gewesen wäre. Die Macht über allem war für eine kleine italienische Fürstin nur Habsburg. Das Königreich? Sie hielt es aufrecht und schwur sich in dieser bedrängten Stunde, es äußerst blutig zu verteidigen gegen seine ketzerischen Zerstörer. Sie tat es für sich, ganz allein für ihre alte gebrechliche Person – aber die Kraft dazu bezog sie aus ihrer Unterwerfung unter die Weltmacht.

Als Coligny zu Ende war mit seiner Rede, die eine einzige Beschwerde und ein offener Mißbrauch seiner bevorzugten Lage als Sterbender war, da verlangte er von dem betretenen und beflissenen Karl obendrein eine Unterredung ohne Zuhörer. Der König forderte seine Mutter und seinen Bruder wirklich auf, sich vom Bett zu entfernen. Sie traten zurück bis in die Mitte des Zimmers. Um sie her waren in diesem Augenblick nur Protestanten, eine große Zahl protestantischer Herren hielten die alte Königin und ihren Lieblingssohn in ihrer körperlichen Gewalt. Ihr braucht nur zuzufassen, in diesem Augenblick stellt ihr die Stärkeren vor. Nur gut, daß ihr nicht seid wie ich! Ihr glaubt an das Gesetz: daran scheitert ihr. Sooft ich meine Edikte brach und eure Gewissensfreiheit auslachte, ihr habt mir immer wieder geglaubt, und jetzt werdet ihr dem Wort meines armen schwachen Sohnes vertrauen. Euch ist nicht zu helfen, ihr verdient euer Schicksal. An mir werdet ihr euch gewiß nicht vergreifen, solange ihr es noch könnt; bald aber ist auch eure letzte Gelegenheit versäumt.

Dies dachte Madame Catherine, verdrängte damit ihre Furcht, und manchmal blinzelte sie schnell und listig im Kreis, während ihr schweres, fahles Gesicht der Ernst und die Würde selbst blieb. Außerdem aber horchte sie nach dem Bett hin und leider verstand sie nichts. In aller Ruhe beschloß sie, das undankbare Gespräch zu beenden, trat einfach wieder zum Bett, diese Protestanten ließen sie auch durch, sie war Madame Catherine; und sie riet ihrem Sohn, den Verwundeten nicht länger zu ermüden. Karl begehrte auf: er sei der Herr – und derlei, worauf sie ohnedies gefaßt gewesen war. Natürlich hatte der anspruchsvolle Sterbende gegen sie gehetzt. Als sie auf der entgegengesetzten Seite des Zimmers sich ihren armen Sohn genügend vorgenommen hatte, kam es heraus. »Was der Admiral sagt, ist wahr: in Frankreich sind die Könige daran zu erkennen, daß sie ihren Untertanen Gutes und Böses tun können. Diese Macht aber ist mit der Führung der Geschäfte auf Sie übergegangen, Madame.« Karl rief es laut und allen vernehmlich. Wenn er es vorher nicht gewesen war, hierdurch wurde der Tod des Admirals zur beschlossenen Sache. Das Beste für ihn war noch: Sein Gott ließ ihn von selbst sterben.

Der königliche Zorn war nicht zu beschwichtigen, solange den König dies Zimmer umgab, das Bett und sein gemordeter Vater, der Wundarzt, der ihm die kupferne Kugel zeigte, der Pastor, neben den die Versammelten hinknieten, um leise mitzubeten, und noch einer, gleichgültig wer, der vor sich hinmurmelte: »Auch diesmal ist es ein Freitag.«

Karl bot seinem Vater eine Zuflucht im Louvre an, mehr konnte er wahrhaftig nicht tun. Zu Navarra sagte er und faßte ihn bei der Schulter, um ihm näher zu sein. »Neben dir, lieber Bruder! Das Zimmer, das für deine Schwester neu hergerichtet ist, damit sie durch die offene Tür zu euch beiden gehen kann, zu dir und Margot – willst du, dann geb ich das Zimmer ihm, meinem Vater.«

Henri bedankte sich: die Worte Karls erleichterten ihn sehr. Der Auftritt hier drinnen hatte ihn beklommen gemacht; während dieser Stunde erst war der Mordanschlag ganz nackt in sein Bewußtsein gedrungen. Da indes Karl den Louvre anbietet und das Zimmer meiner Schwester, mit der offenen Tür zu mir! Die Alte ist geschlagen, ich seh es doch. Dreht den Rücken und watschelt hinaus.

Als der König, seine Mutter und sein ganzes Gefolge fort waren, erfolgte unten im Hause eine Beratung der protestantischen Prinzen und Edelleute. Mehrere verlangten, der Herr Admiral sollte unverzüglich aus Paris und nach seinem Schloß Châtillon entführt werden. Diese hatten droben durch Zufall einen Platz gehabt, wo sie der abgehenden Königin in das Gesicht sehen konnten; und nur dies Gesicht, das Madame Catherine zuletzt nicht mehr beherrscht hatte, veranlaßte die Herren zu ihrer hartnäckigen Meinung. Téligny, der Schwiegersohn des Herrn Admiral, widersetzte sich dem: er wollte den Herrscher nicht kränken durch Mißtrauen. Navarra entschied: »Der Herr Admiral wird im Louvre wohnen neben meinem eigenen Zimmer bei geöffneter Tür. Um sein Bett sollen Tag und Nacht meine Edelleute stehn.« Während er es sagte, klopfte ihm das Herz. Er sprach dennoch zu Ende, und ob er ihre Antwort nun erhofft oder gefürchtet hatte, die Mehrzahl stimmte ihm zu.

Dann begaben alle sich nochmals nach oben. Der Verwundete wurde frisch verbunden, das verwüstete Fleisch zog alle Blicke an. Jemand teilte das Ergebnis der Beratung mit, und Coligny, das Gesicht hinaufgewendet, darbringend seinen Schmerz, erwiderte einfach: »Ja.«

In einem Winkel stand ein Mensch und murmelte vor sich hin, in einer andern Sprache, wenige Worte, dieselben mehrmals.

Der Vorabend

Wie froh ist eine aufgeregte Stadt! Hier ist immer noch Hochzeit, und ständig Stärkeres wird geboten – nicht nur dem Hof, auch dem Volk und den ehrbaren Leuten. Überraschungen, erstaunliche Vorkommnisse, die wie unentgeltliches Theater sind! Fast stündlich wird jedem ein Wunsch erfüllt, denn wer hätte nicht eigentlich immer Unheil geplant, wenn auch zitternd: jetzt aber kommt es von selbst, und er selbst ist ausgenommen – er genießt nur den Schauder. Mehr Schauder! Immer noch mehr!

Der König der Banditen hat unsere Prinzessin geheiratet, und auf den andern Ketzer ist geschossen worden. Ist eins wie 's andere. Drunter und drüber, nur so fort! Jetzt zieht um sein Haus eine starke Wache auf. Hin und nachsehn, ob es seine Richtigkeit hat mit den fünfzig Arkebusieren. Hoho! Nicht stechen, nicht schießen! Wir sind Volk und ehrbare Leute. Sieh selbst, es ist, wie ich sagte. Der alte Ketzer hat Furcht bekommen seit gestern und hat den König um seinen Schutz gebeten. Schütz dich selbst, König, wenn erst die Guise anrücken! Da ist er ja, unser schöner Herzog! Er zeigt sich dem Volk und besonders den Frauen. Hoch Guise! Wie denn aber? Du Held unserer Träume läufst vor den Hugenotten weg?

So war es. An diesem Dreiundzwanzigsten ging es zuerst nicht gut für den volkstümlichen Guise. Die kupferne Kugel aus der Arkebuse hatte am Ende noch ihn selbst getroffen, so gestaltete es sich. Er selbst, sein Bruder und der Kardinal von Lothringen waren verdächtig und nur bis jetzt in Freiheit.

Verhaftet waren ihre Leute im Kloster Saint-Germain, die Justiz nahm ihren Lauf, der König schwur, daß er auch sie selbst werde zu finden wissen, wenn sie schuldig wären. Vorerst entfernten sie sich vom Hof, mit glänzender Bedeckung verließen sie Paris, aber es war Schein und Trug. Jederzeit blieben sie erreichbar, wenn Madame Catherine sie rief.

Madame Catherine war an diesem Tage im Nachteil, wenn nur die äußeren Tatsachen sprachen. Überlegen war Madame Catherine den Tatsachen durch ihre Gefaßtheit und ihr Selbstvertrauen; und dieses bestand ganz aus der Gewißheit, daß das Leben böse war und daß sie selbst mit dem Leben ging, die anderen aber dagegen. Ihr Astrologe hatte sie übrigens unterrichtet, wie es käme.

Sie sah, solange es Tag war, noch alles mit an: die starke Wache in der Straße Dürrer Baum und nicht nur das. Ihr armer Sohn hatte alle Häuser der Umgebung mit hugenottischen Herren belegt. Unaufhörlich ließ er sich erkundigen nach dem Befinden des Kranken. Daran beteiligte sich auch seine Mutter, und keineswegs aus leerer Heuchelei. Sehr folgenschwer war, ob es sich besserte mit dem Admiral Coligny. Sie hörte: ja, und dachte bei sich, das wäre schlimm für ihn. Grade wegen ihrer geheimen Gedanken veranlaßte sie ihre Tochter, die junge Königin von Navarra, ihn zu besuchen.

Margot war nicht nur gelehrt aus Büchern: auch von Menschen hatte sie das meiste schon begriffen, besonders aber in dieser letzten Zeit. Inzwischen wußte sie, daß die Hugenotten, so ungebärdig sie sich stellten, dennoch unschuldig und wehrlos waren wie die Lämmer. So hatte ihr Gott sie gemacht, weil er ihnen das Gewissen gegeben hatte, und dieses war zu ihrem Unglück noch ihre größte Bemühung. Gehorsam tat Margot, was ihre furchtbare Mutter ihr befahl. Madame Catherine war ihr früher alltäglich erschienen, wenn auch Beherrscherin eines Alltages, der etwas gefährlich aussehn konnte. Seitdem Margot liebte, nahm ihre Mutter andere Züge an, und eine Stimme, die Stimme ihrer Liebe, versuchte es, sie zu fragen, ob sie Madame Catherine noch immer guthieß. Eine Antwort bekam die Stimme nicht. Das wäre hugenottisch! dachte Margot. Aber wir begeben uns in das Haus des Herrn Admiral, wir sehen nach, wie es um ihn steht, und dann berichten wir Mama, daß er stirbt: berichten dies auf alle Fälle. Das wird das Sicherste sein.

Nun traf sie den Kranken in voller Besserung. Er wollte sogar aufstehn, um die Königin von Navarra zu empfangen. Sie ließ es nicht zu – aber als der Geistliche einen Dankespsalm anstimmte und die paar bescheidenen Menschen in dem strengen und schmucklosen Zimmer hinknieten, um mitzusingen, da kniete auch sie hin und stimmte auch sie mit ein. Ihr klopfte das Herz dabei. Aber erstens war ihr Gefolge drunten geblieben, Fenster und Tür waren geschlossen; und dann, mit diesen Lämmern hier! Die gingen nicht und verrieten sie.

Einen Auftrag seiner Mutter bekam auch d'Anjou; infolgedessen richtete er es ein, daß die Wache Colignys unter den Befehl seines besonderen Feindes, eines gewissen Caussens, kam. Der König von Navarra stieß von diesem Augenblick nur auf Schwierigkeiten und mußte den ganzen Tag über eingreifen. Wegen jeder Waffe, die sie in das Haus schaffen wollten, bekamen die Edelleute des Admirals mit Caussens Streit. Seine Haltung war der Anstoß, daß nochmals die Fortbringung des Herrn Admiral verlangt wurde. Dagegen stimmten dieselben wie bei der ersten Beratung: er selbst und sein Schwiegersohn, Condé und Henri von Navarra. Noch immer vertrauten sie auf Karl – mit dem inzwischen Ungeahntes sich vollzog.

Zuerst sah man noch nichts, der König ging zu Bett in Gegenwart vieler Herren: auch Navarra hielt dabei aus, obwohl ermüdet von seinen vielfältigen Bemühungen um die Sicherheit des Herrn Admiral. Gleich nachher suchte er sein eigenes Lager auf. Seine Edelleute begleiteten ihn. Seine Königin war noch nicht da; bald erfuhr er, daß sie in ihrem Studierzimmer beten sollte. Das hätte allen auffallen müssen, besonders aber ihm: Margot, betend für sich allein unter dem großen Auge Gottes. Ihr Sinn war schwer und verhängnisvoll. Sie hatte den Abend bei ihrer Mutter verbracht, hatte auf einer Truhe gesessen und versucht zu lesen wie sonst.

Ihre Mutter hatte Besuch empfangen, zuerst ihren Bruder d'Anjou, und später erschienen noch mehrere: nur einer war Franzose, ein Herr de Tavannes. Die anderen drei stammten aus Italien; und die Prinzessin von Valois begriff, daß ihre Versammlung ein Vorzeichen ungewöhnlicher Ereignisse sein mußte. Plötzlich erinnerte sie sich an gleiche, früher gemachte Beobachtungen, die sie einfach hatte auf sich beruhen lassen. Das konnte sie jetzt nicht mehr. Auf ihrer Truhe am anderen Ende des Zimmers spitzte sie die Ohren, und zum Schein in ihre Folianten versunken, erlauschte sie dennoch einige gezischelte italienische Worte. Sie bedeuteten nichts Gutes. Der Admiral Coligny sollte sterben, und alle, die hier waren, voran ihre Mutter, wollten ihren Bruder, den König, dahin bringen, daß er es zuließ.

Die arme Margot geriet in eine solche Verwirrung, daß sie, anstatt ihre Augen zu verstecken, den Blick der Mutter suchte. Kaum aber war sie ihm begegnet, da fuhr Madame Catherine sie grob an. Sie, die sonst den Ton nie erhöhte und sogar schlagen konnte ohne sich merklich aufzuregen, sie beschimpfte auf italienisch die Tochter, rief ihr ein Wort zu, das »Hure« bedeutete, und befahl ihr, sich davonzuscheren. Daher dann das ratlose Gespräch der Armen mit Gott. Sie wußte zuviel, und nur dem Allwissenden durfte sie es sagen. Als ihr lieber Herr nach ihr schickte, was sie solange machte, da folgte sie seinem Ruf sogleich und fand ihn im Bett, umringt von gewiß vierzig Hugenotten. Die meisten kannte sie noch gar nicht, so kurz vermählt wie sie war. Alle redeten durcheinander über den Unglücksfall des Herrn Admiral. Immer wieder wurde beschlossen: Sobald es Tag würde, ihr Recht gegen Herrn von Guise sollte der König ihnen geben, sonst nähmen sie es sich! So verging die Zeit und niemand schloß ein Auge.

Wo ist mein Bruder?

Da traten sie zu Karl ins Schlafgemach. Keine Wache hielt sie zurück, denn es waren Madame Catherine mit ihrem Sohn d'Anjou und den vieren, die sie noch mitbrachte. Karl der Neunte fuhr auf und meinte, er sollte ermordet werden. Dann erkannte er seine Mutter, die ihn aufstehn hieß. Als er imstande war, sie anzuhören, erschreckte sie ihn zuerst damit, daß er verloren wäre. Es ginge um seinen Thron und sein Leben. Das Nähere überließ sie den anderen. Diese bewiesen ihm mit vielen Einzelheiten, der Admiral hätte Deutsche und Schweizer hergerufen: ihnen wäre er nicht gewachsen. »Nenn ihn weiter deinen Vater!« sprach seine Mutter mit kalter Stimme dazwischen. Die Katholiken ihrerseits wären entschlossen, endlich vorzugehn gegen die Protestanten, aber nicht mehr mit ihm. »Deine Schwäche hat dich zwischen die Parteien auf den Hintern gesetzt, und beide sehen in dir ihren Feind«, sagte sein Bruder d'Anjou, der so noch nie gesprochen hatte. Ihn wenigstens verstand Karl, und außer ihm verstand er noch Herrn de Tavannes. Das Gerede der drei Italiener blieb ihm um so undeutlicher, je lauter und dreister sie mit ihm französisch sprachen. Hier drückten alle auf einmal sich anders aus als ein König erwarten durfte. Sein ganzes Dasein bekam schon dadurch ein fremdes Gesicht. Ein König ist unnahbar wie auf seinem Bild, und er hält sich die Menschen fern durch seine Art zu stehn, zu schreiten und aus den Winkeln der Lider zu blicken.

Karl der Neunte richtete sich so hoch auf wie er konnte in seinem Schlafgewand, das sich verwickelt hatte. Er blickte aus den Winkeln und beschied die Eindringlinge: die Justiz nehme ihren Lauf. »Die Schuld der Guise hat sich herausgestellt. Ich werde sie bestrafen. Das ist mein Wille.«

Madame Catherine: »Nicht deiner. Der Wille deiner Hugenotten ist es, und du bist ihr Werkzeug, mein armer Sohn. Wenn du aber die Guise ins Verhör nimmst, werden sie dir sagen, daß sie nur die Weisungen deiner Mutter und deines Bruders ausgeführt haben; denn wir allein haben befohlen, auf den Admiral zu schießen, damit wir dich retten.«

Sie brachte auch diese Ungeheuerlichkeit vor, ohne den Ton zu erheben, und zuckte sogar die Achseln dabei. Hiermit bewirkte sie, daß er im ersten Augenblick noch gar nicht faßte, was sie wirklich getan hatte. Verhältnismäßig ruhig sagte er: »Du hast es befohlen? Mutter, das kann nicht sein.«

Sie saß vor ihm, sah hinauf und behielt ihn im Auge. Die drei Italiener wollten schon wieder loslegen. D'Anjou verwies sie zur Ruhe; er bezwang mit Mühe sein Schlottern. Dies war der gefährliche Augenblick: vergebens hatte ihr Lieblingssohn der alten Königin abgeraten, mit der Wahrheit herauszukommen. Sie fand die Wahrheit hart wie einen Stock und daher nützlich für ihren armen Karl. »Ich habe es befohlen«, bestätigte sie – saß da, sah hinauf und verfolgte, was nacheinander in ihm vorging, während er erblaßte, errötete, eine heftige Bewegung nach der Tür machte und sie wieder zurücknahm. Mehr als eine Sekunde lang war entschieden, daß er die Wache rief und alle, die hier waren, verhaftete, auch seine Mutter.

Es geschah nicht. Das Blut strömte heftig in sein Gesicht zurück, und er schwankte auf den Füßen. »Du mußt dich setzen, mein Sohn«, ermahnte sie ihn, und ihrem Liebling bedeutete sie, er möchte doch sein grundloses Schlottern lassen. Der Fleischer traut sich nicht, dachte sie von Karl dem Neunten. Ich handle so, daß Habsburg zufrieden sein kann, und auch die Gestirne haben es gewollt. Mit allem bin ich in Ordnung.

Er stützte sich auf einen Stuhl und brachte böse zwischen den Zähnen hervor: »In ein Kloster sollten Sie sich zurückziehen, Madame, nachdem Sie mich zum Mörder an meinem besten Freund gemacht und mir von Mit- und Nachwelt den Fluch geholt haben.«

Madame Catherine verlor deshalb nicht ihre Ruhe, die bis zur Stumpfheit ging und auf die Dauer jeden lähmen mußte. Unerbittlich blieb sie bei ihren Absichten. »Da du den Fluch schon hast, rette wenigstens Leben und Thron! Ein einziger Schwertstreich würde genügen.«

Er begriff, gegen wen. Als wäre er selbst getroffen, fiel er auf den Stuhl nieder. Es war sein schwerster Fehler; von jetzt ab konnten alle, ein- oder mehrstimmig, auf ihn einreden, solange sie mochten. »Ein einziger Schwertstreich – befehlen Sie ihn, Sire, und Sie verhindern eine Menge Unglück und die Metzelei von Tausenden.«

Er schüttelte heftig den Kopf und schloß die Augen. »Die Stadtviertel von Paris bewaffnen sich«, rief d'Anjou mit frischem Mut und einem Schlag auf den Tisch. Das taten die Stadtviertel allerdings, aber nur infolge der Gerüchte, die er selbst ausgestreut hatte, daß zahllose Hugenotten im Anmarsch wären. Karl öffnete gegen ihn ein müdes Auge, darin stand viel Verachtung. Obwohl entmutigt und niedergeschlagen, leistete er Widerstand auf seine Art: er verschloß sich und verachtete. Darauf verdoppelten alle Verschworenen ihre Anstrengungen gegen den einen Mann. »Du kannst nicht mehr zurück. Sie können nicht mehr zurück. Sire, Sie können nicht.« Das griff ineinander, jede Stimme verstärkte die vorige, jede drang einzeln durch, unten der dumpfe Ton der Alten, oben zwei klangvolle italienische Organe neben einem, das kreischte wie ein Papagei. D'Anjou und de Tavannes stießen zwischen hinein einen anfeuernden Kriegsruf. »Tod dem Admiral!«

Karl erlitt die Folter eine Stunde lang. Manchmal sagte er, ohne daß man ihn hörte oder dergleichen tat: »Ich erlaube nicht, daß an den Admiral gerührt wird.« Er sagte auch: »Ich kann mein königliches Wort nicht brechen.« Das hatte er einem französischen Edelmann gegeben – und vergaß hier, zu wem er redete. Es war denn auch, als hätte er es nicht gesagt.

Auf einmal stöhnte er, entriß sich seiner Entschlaffung, streckte Kopf und beide Hände bedrohlich nach dem Ausgang. Doch noch die Wache? dachte seine Mutter mit einer Anwandlung von Unbehagen. Er beging aber etwas viel Merkwürdigeres. Er fragte: »Wo ist mein Bruder?«

Hiernach wurde es völlig still: alle betrachteten ihn und einander. Was meinte er und von wem sprach er? Seine Mutter sagte: »Dein Bruder ist hier, mein Sohn.« Da ihr Hinweis an seiner Haltung auch das Geringste nicht änderte, begriff sie nicht mehr. Madame Catherine war in allen Tatsachen gerecht; nur vor dem Gefühl versagte sie und wurde dumm. Übrigens war sie nicht dabeigewesen, als ihr armer betrunkener Sohn eines Abends dies gehetzte Geraune hatte hören lassen am Ohr seines neuen Schwagers: »Navarra! Räche mich! Darum geb ich dir meine Schwester. Räch mich und mein Königreich!«

Ein Zufall, daß der junge Henri um diese selbe Zeit zu Bett lag, umringt von vierzig seiner Protestanten. Er hätte auch aufstehn können. Sie hatten Ansprüche an den König genug; wozu sie verschieben auf den Morgen. Gleich jetzt konnten alle sich aufmachen und das königliche Vorzimmer erstürmen mit ihrer Übermacht. Die Tür fliegt weg: mein Bruder! Du kommst und befreist mich.

Unbeweglich stand die Tür, sein Bruder ließ ihn allein, der Unglückliche fühlte das Ende nahen. Das sah Madame Catherine ihm auch an, darauf verstand sie sich. Jetzt wußte er sich verlassen und ausgeliefert. Schnell, den Gnadenstoß! Sie stützte sich am Stock vom Sitz auf, faßte ihren Sohn d'Anjou bei der Hand und rief, lauter als alles bisher: »Komm fort von diesem Hof, damit wir uns vor dem Verderben erretten und die Katastrophe nicht mit ansehn müssen. Wie leicht wäre sie zu vermeiden gewesen! Deinem Bruder fehlt nur der Mut, er ist ein Feigling!«

Dies hören, und auch Karl war auf den Füßen. Feigling! Um sein Gesicht klatschte eine Peitsche. Der Abgrund öffnete sich unter ihm, da seine Mutter ihn aufgab. In seinem Kopf tobten die Widersprüche. Ehre, Furcht, die Wut und das bessere Wissen machten alle zusammen aus ihm ein Wesen mit zuckendem Gesicht. Er hätte auf die Knie fallen können. Er konnte ebensogut irgendeinen von ihnen erdolchen. Aber er wählte etwas Drittes, er wurde toll. Sein Ausbruch von Raserei bewahrte ihn im letzten Augenblick vor dem Untergang in Verzweiflung. Er fing an, umherzurennen und zu brüllen, womit er sich anfeuerte. Seine Schauspielerei hatte dabei nicht weniger zu sagen als die schaudernde Natur. Er stürmte die Bahn frei und warf an die Wand, wer im Weg war. Madame Catherine wurde beinahe geläufig, sie hockte sich hinter einen festungsartigen Schrank und schätzte ab, wie weit seine Tollheit gehen würde. Auch in dieser Hinsicht hegte sie Zweifel an der Begabung ihres armen Sohnes.

Jetzt hielt Karl an – in der Mitte des Zimmers als einzig dastehende Schreckensgestalt, wie er sich haben wollte. Mäuschenstill war es; trotzdem brüllte er: »Ruhe!« Immer noch zu seiner Anfeuerung stieß er Lästerungen der Mutter Gottes aus. Dann kam das Erzeugnis seines Wahnsinns. »Ihr wollt den Admiral umbringen: will ich auch. Will ich auch!« brüllte er, daß sich ihm wahrhaftig der Kopf drehte. »Aber alle anderen Hugenotten in ganz Frankreich« – Augenrollen und Gebrüll – »sollen mit dran glauben. Nicht einer soll übrigbleiben, nicht einer, der mir nachher mit Vorwürfen kommen könnte. Das will ich nicht haben, das nicht. Macht schon und gebt die Befehle aus!« Mit Aufstampfen und Gebrüll: »Wird's bald? Oder –«

Aber es gab kein Oder mehr, und der Unglückliche wußte es. Sie beeilten sich, sie klemmten einander ein, weil jeder vor dem andern hinauswollte. Die letzte war seine Mutter; sie wendete sich noch auf der Schwelle nach ihm um, und sie nickte ihm zu mit ungewohnter Anerkennung. Es hieß: das hast du besser gemacht, als ich von dir erwartet hätte. Hinter der geschlossenen Tür horchte sie kurz, wie er sich jetzt verhielt. Etwas zu lautlos. Eine Ohnmacht? Man hat ihn nicht fallen gehört. Kaum so recht vorzustellen. Unvorstellbar – fand Madame Catherine und watschelte geschäftig den andern nach. Denn vieles war zu beschließen und alsbald zu tun.

Sie hatte nicht ganz ernstlich geglaubt, wenn sie früher ihren Geist über einen Abgrund spannte, daß sie den jenseitigen Rand jemals in Wirklichkeit erreichen würde. Jetzt war sie drüben, dank ihrer Geduld, Kühnheit und Voraussicht. Dafür gebührte nur ihr die oberste Leitung alles Bevorstehenden. Ihr Sohn d'Anjou war fernzuhalten von der Ausführung. Der künftige König darf nicht persönlich hervortreten bei einem Werk, das nützlich und richtig ist, obwohl es auf den handelnden Personen vielleicht doch unliebsame Kennzeichen hinterlassen wird. Zwölf Uhr. Welche Nacht ist dies? Sankt Bartholomäus. Unsere Unternehmungen mögen noch so sehr angemessen dem Weltgeschehen sein, sie bleiben immer in Gefahr, mißdeutet zu werden, und Dank ist ungewiß.

Das Geständnis

Da drangen sie in den Hof seines Hauses. Der Admiral Coligny hörte Kolben oder Stangen drunten gegen die Tür stoßen. Jemand kommandierte: die helle, gereizte Stimme war ihm bekannt, Guise. Sogleich wußte er auch, was ihm bevorstand: der Tod. Und er verließ sein Bett, um ihn stehend zu erwarten.

Sein Diener Cornaton zog ihm den Hausrock über. Der Wundarzt Ambroise Paré fragte, was denn vorginge, und Cornaton antwortete, wobei er den Herrn Admiral ansah: »Es ist Gott. Er ruft uns zu sich. Sie brechen das Haus auf. Kein Widerstand ist möglich.«

Das Klopfen setzte aus, denn Guise hielt eine Ansprache an seine Truppe. Es waren Soldaten in großer Zahl, darunter die Wache, die der König von Navarra zum Schutz des Admirals in die Läden gegenüber gelegt hatte: er glaubte wohl nicht, daß ihr Anführer verraten würde aus bloßem Haß. Sie hielten die Straße Dürrer Baum und alle ihre Ausgänge besetzt: auch die Häuser, in denen protestantische Herren untergebracht waren. Diese sollten zu dem Herrn Admiral, dessen Leben ihnen teuer war, nie mehr hingelangen, denn sie verloren vorher ihr eigenes.

Die Glocke von Saint-Germain-l'Auxerrois gab das Zeichen. In der ganzen Stadt kam die Bürgerwehr hervor. An der weißen Armbinde und dem weißen Kreuz auf dem Hut erkannten sie einander. Vorgesehen war alles und jedem seine Aufgabe bestimmt, den Unteren wie den Hohen. Herr von Montpensier hatte den Louvre übernommen mitsamt der

Sorge, daß kein Protestant aus ihm entkäme. Die Straße Dürrer Baum war Herrn von Guise zugeteilt, denn er selbst hatte die Ehre erbeten, ein Ende zu machen mit dem Admiral, der noch immer nicht tot, sondern nur verwundet und hilflos war. Beim dumpfen Brummen der Glocke rief er hell unter seine Truppe: »Noch in keinem Krieg habt ihr einen solchen Ruhm erworben, wie ihr euch heute holen könnt!«

Das sahen sie auch ein und gingen tapfer vor.

»Welch ein furchtbarer Schrei war das«, sagte im Zimmer droben Pastor Merlin. Noch gellte er allen in den Ohren. Der Diener Cornaton wußte Bescheid, es war die Magd, sie hatten sie erschlagen. »Sie sind auf der Treppe«, sagte Hauptmann Yolet. »Oben aber haben wir einen Verhau errichtet, und werden unser Leben teuer verkaufen.« Damit ging er hinaus zu seinen Schweizern.

Bei Coligny im Zimmer verweilten noch sein Arzt, sein Geistlicher und sein Diener – ungerechnet einen bescheidenen Vierten, der vergebens den Blicken des Herrn Admiral auszuweichen suchte: die Fackeln der Soldaten warfen einen Schein hinein, als ob es brannte. Der Herr Admiral zeigte ihnen ein ruhiges Gesicht; was sie erblickten, war innerer Friede und Heiterkeit im Angesicht des Todes; und er wollte auch, daß sie nichts anderes mit ansähen, nicht die Sache zwischen ihm und Gott, die noch schwebte und übrigblieb. Die Leute sollten fort, so schnell wie möglich. Er verabschiedete sie und verlangte dringend, sie möchten sich in Sicherheit bringen. »Die Schweizer halten die Treppe noch. Steigt aufs Dach und entkommt. Ich für meinen Teil bin längst vorbereitet, und übrigens könntet ihr mir nicht helfen. Ich empfehle meine Seele der Barmherzigkeit Gottes, deren ich auch gewiß bin.«

Hiermit wendete er sich von ihnen ab, unwiderruflich: sie konnten nur von ihm schleichen. Als er sich ganz allein glaubte, wiederholte er mit lauter Stimme: »Deine Barmherzigkeit, deren ich auch gewiß bin« – und lauschte, ob die Bestätigung käme. Die Schweizer hielten inzwischen die Treppe. Coligny lauschte, die Bestätigung blieb aus. Stufe um Stufe verwandelte sich sein Gesicht bis in den Schrecken hinab. Frieden und Heiterkeit vor dem Tode, wo seid ihr? Der entsetzte und zerfahrene Mensch tritt sichtbar in die Züge. Sein Gott hat ihn verworfen. Die Schweizer halten die Treppe. Bevor sie nachgeben, muß ich Dich mir erkämpft haben, mein Gott. Gib mir zu, daß ich nicht schuldig bin am Tode des alten Lothringen! Ich habe seinen Tod nicht befohlen, Du weißt es. Ich hab ihn nicht gewollt, Du kannst es bezeugen. Sollte ich seine Mörder denn zurückhalten, da doch Guise beschloßen hatte, mich selbst zu töten? Das verlangst Du nicht, o Herr, und sprichst mich nicht schuldig. Wie? Ich höre Dich nicht. Antworte, o Herr! Mir bleibt nur die kleine Zeit, indes die Schweizer noch die Treppe halten.

Um ihn war Getöse, von der Straße und aus dem Hause; er aber stritt und widersetzte sich, schüttelte die gefalteten Hände gegen einen Unerbittlichen, zu dem er hinaufwendete sein altes Kämpfergesicht. Auf einmal hörte er die Stimme, um die es ihm zu tun war. Sie sprach groß: »Du hast es getan.« Da erzitterte der Christ vom ersten Schauer der Erlösung – aus irdischem Stolz und geistiger Starrheit. Angerührt durch ein Vorgefühl der Seligkeit rief er hinauf: »Ich hab's getan. Vergib mir!«

Die Schweizer hielten die Treppe nicht mehr: tot waren alle fünf. Eine lärmende Horde tobte hinauf; sie wollten die Tür wegstoßen, fanden aber, daß sie nicht sogleich nachgab. Als sie drinnen waren, sahen sie das Hindernis: ein Mensch, der sich auf die Schwelle gelegt hatte, das Gesicht gegen den Boden. Sie schlugen darauf los und glaubten ihn erschlagen zu haben. Indessen war er vorher gestorben, aus unerträglicher Ergriffenheit durch die Erscheinung des kämpfenden und erlösten Christen. Niemand kannte ihn; er war nur der deutsche Dolmetsch Nikolaus Müß. Verehrung und Liebe für den Herrn Admiral hatten ihn zu der Kühnheit bewogen, als einziger im Zimmer mit ihm zu sterben.

Ein Mann namens Bême trat vor, ein Schweizer, aber bei d'Anjou bedienstet. Vor dem Kamin stand ein vornehmer Herr, von der Art, der ein Bême sich kriechend nähert. Hier stieß er laut und drohend aus: »Bist du nicht der Admiral?« Damit erreichte er wider Erwarten nicht die Vertraulichkeit, die ein Mörder braucht bei seinem Opfer, weshalb er es auch plötzlich du nennt. Nein, der vornehme Herr behielt seinen Abstand, und unbequem war es für Bême, die letzten zwei Schritte zu tun.

»Ich bin es«, lautete die Antwort. »Und mein Leben wirst du nicht abkürzen.«

Eine sonderbare Antwort, nur zu verstehen, wenn man mit angesehen hätte, wie dieser sich Gott schon überantwortet hatte und aus der Menschenhand schon frei war. Bême wurde von Verlegenheit befallen, verständnislos blickte er auf seine Waffe, weil der Herr dort sie verächtlich musterte. Es war aber ein langer, vorn zugespitzter Holzscheit, etwas womit man Tore einrennen kann. Das wollte er in den Leib des Admirals Coligny stoßen – und da der Admiral das Gesicht wegwendete, tat er es wirklich. Der Admiral fiel. Einer der anderen Schweizer, die das Zimmer erfüllten, sah hier noch sein Gesicht und wunderte sich über den Ausdruck einer absprechenden Überlegenheit, die er künftig, wenn er davon erzählte, Gefaßtheit nannte. Der Getroffene murmelte auch noch etwas, nur war jeder zu aufgeregt, um es zu verstehn; es hieß: »Nicht mal ein Mann, nur das gemeine Pack.« Seine letzte Äußerung war Ungeduld mit den Menschen.

Als der Admiral erst einmal lag, verdienten auch die anderen wackeren Landsknechte sich ihren Sold. Martin Koch traf ihn mit seiner Streitaxt. Den dritten Streich führte einer namens Konrad, aber erst beim siebenten war Coligny tot.

Die Herren drunten im Hof konnten es nicht erwarten. Der Herzog von Guise rief: »Bême, bist du fertig?«

»Es ist getan, gnädiger Herr«, rief Bême zurück, und wie froh war er, daß er wieder »gnädiger Herr« sagen durfte, anstatt nach einem solchen mit gespitzten Holzscheiten zu stoßen.

»Wirf ihn aus dem Fenster! Der Ritter von Angoulême will es nicht glauben, bis er es mit eigenen Augen gesehen hat.«

Das geschah bereitwillig, und der Körper des Admiral fiel den Herren vor die Füße. Guise hob einen Lumpen auf und wischte das Blut vom Gesicht des Toten. »Er ist es, ich erkenn ihn. Und jetzt die andern!« Dem Leichnam trat er in das Angesicht und schloß: »Mut, Genossen! Das Schwerste haben wir geschafft.«

Soeben graute der Morgen.

Das Mordgeschrei

Bei Morgengrauen sagte der junge König von Navarra zu seiner Frau, die neben ihm lag, und zu seinen vierzig Edelleuten, die das Bett umringten: »Schlafen lohnt nicht mehr. Ich will Ball spielen, bis König Karl aufsteht: dann erinnere ich ihn dringend an seine Versprechungen.« Dies schien der Königin Marguerite sehr willkommen, denn sie war erschöpft und hoffte endlich zu schlafen, wenn alle die Männer draußen wären.

Bei Morgengrauen, eigentlich noch während der früh erhellten Sommernacht, standen in einem Zimmer des Louvre, das auf Platz und Gassen hinaussah, Karl der Neunte, seine Mutter Madame Catherine und sein Bruder d'Anjou. Sie sprachen nicht, denn sie horchten, wann der Pistolenschuß fiele. Dann würden sie wissen, was geschehen wäre, und wollten zusehn, was weiter vorging. Der Schuß fiel – da hatten sie plötzlich nichts so eilig, wie einen Boten zu schicken nach der Straße Dürrer Baum, mit dem Befehl für Herrn von Guise, er sollte nach Hause gehn und nichts unternehmen gegen den Herrn Admiral. Natürlich wußten sie, daß es zu spät war, und entsandten den Edelmann auch nur, damit sie es nachher bei den deutschen Fürsten und der Königin von England vorschützen konnten zur Verminderung ihrer Schuld. Dennoch trafen sie ihre unnützen Anstalten mit einem unverstellten Eifer, ganz als ob noch etwas zu hoffen wäre. Madame Catherine und ihr Sohn d'Anjou verfielen wohl eher einer verspäteten Panik: es mißlingt uns noch! Karl allein bebte sinnlos der Botschaft entgegen: nichts sollte geschehen sein, er hatte alles nur geträumt.

Die vorauszusehende Antwort traf ein, da flüchtete Karl unvermittelt zurück in seinen freiwilligen Wahnsinn. Mit dem Gebrüll, das allen seinen Zustand deutlich machte, suchte er sein eigenes Zimmer auf und befahl stürmisch, Navarra und Condé sollten zu ihm gebracht werden – auf der Stelle hergeschleppt! Was sich erübrigte, sie waren von selbst schon unterwegs.

Auf ihrem Wege hörten sie durch ein offenes Fenster eine Glocke, die Sturm läutete. Sie blieben stehen, und niemand von ihnen allen wagte zu sagen, was er dachte, bis Henri selbst es aussprach. »In der Falle.« Er setzte hinzu: »Aber wir können noch beißen.« Denn vor und hinter sich hatte er seine Edelleute, der Gang zwischen den Zimmern war voll von ihnen. Er hatte ihnen aber grade erst Mut gemacht, da öffneten sich alle Türen, vorn, rückwärts, auf beiden Seiten, und spien Bewaffnete aus. Als erste wurden niedergemacht Téligny, der Schwiegersohn des Admirals Coligny, und Herr de Pardaillan. Henri sah nicht mehr als dies, er wurde weitergestoßen. Jemand faßte ihn am Arm und zog ihn zu sich hinein. Condé kam mit, denn in dem Gedränge hatten sie sich Schulter an Schulter gehalten, ihrer Verteidigung wegen. Als er sie drinnen hatte, schloß Karl selbst die Tür ab. Sie waren bei ihm, in seinem Schlafzimmer.

Die drei hinter dieser Tür horchten auf die Geräusche draußen, das Mordgeschrei, auf den Anprall von Waffen, Sturz von Körpern, das Röcheln und das Mordgeschrei. Als in der Nähe alle Getöteten ausgeseufzt hatten, verzog sich das Geschrei weiterhin. Seine Bedeutung war: »Es lebe Jesus!« Seine Bedeutung war auch: »Tod! Tod! Alles totschlagen!« – und heulend zog es in die Ferne. »Tue! Tue!« – ein heulender Laut. Er strich in wechselnder Stärke durch Gänge und Säle hin und her, kreuz und quer. Wer horchte, glaubte das Schloß Louvre weit und breit von bösen Geistern besetzt, anstatt von Edelleuten und ihren Truppen. Das Menschenwerk, das hier verrichtet wurde, glich einer grausigen Fopperei. Man war versucht, hinauszusehn aus dieser Tür: wahrscheinlich geschah in Wirklichkeit nichts. Nur das Dämmern des Augustmorgens breitete sich aus, und das einzige echte Geräusch waren die Atemzüge Schlafender.

Aber niemand sah hinaus. Alle, Karl so gut wie seine beiden Gefangenen, klapperten mit den Zähnen und verheimlichten einander ihre Gesichter. Der eine drückte es in seine Hände, der andere kehrte es der Wand zu, der dritte beugte sich tief. »Euch scheint wohl auch, daß es nicht wahr sein kann?« sagte Karl einmal. Er war nicht im geringsten mehr toll, seitdem sie es draußen allzu gründlich waren. »Aber es ist wahr«, erklärte er eine Weile später, und zugleich fiel ihm etwas ein, das er sagen sollte. »Ihr habt selbst die Schuld an allem. Wir mußten euch zuvorkommen, da ihr eine Verschwörung angezettelt hattet gegen mich und mein ganzes Haus.« Da hatte er es zum erstenmal von sich gegeben, wie seine Mutter, Madame Catherine, es ihm vorgesprochen hatte, und bei der Erklärung blieben sie. Condé erwiderte heftig: »Dich hätte ich längst umbringen können, wenn ich gewollt hätte, und achtzig protestantische Edelleute, die wir im Louvre waren, brauchten keine große Verschwörung, um euch alle zu erschlagen.«

Henri sagte: »Meine Verschwörungen finden gewöhnlich im Bett statt, bei deiner Schwester.« Er zuckte die Achseln, als ob sich über die Zumutung schwer reden ließe. Er verzog sogar den Mund: in der gegebenen Lage wäre es nützlich gewesen, es wäre geradezu eine Art von Ausweg gewesen, wenn auch Karl ihn jetzt verzogen hätte. Karl indessen wurde lieber wütend, schon wegen der weiteren Eröffnungen, die er seinem Schwager Henri zu machen hatte. Der wußte ja noch nicht einmal vom Ende des Admirals! Daher erhob Karl die Stimme und behauptete, Pardaillan, der Edelmann aus Navarra, der draußen tot lag, hätte vorzeitig den Plan verraten.

Er hätte laut hinausgerufen: für den Arm des Admirals würden vierzigtausend abgeschnitten werden.

Hierauf steigerte Karl sich noch, damit es womöglich wie die Rede eines Unverantwortlichen klänge, und derart erfuhren sie das Ende des Admirals Coligny. Sie sahen, beide kalt überlaufen, einander an, und nicht mehr auf Karl, der für sich allein weiterbrüllen mußte, bis ihm die Töne ausgingen. Er beschimpfte den Admiral als einen Betrüger und Verräter, nur bedacht auf das Verderben des Königreichs und der furchtbarsten Rache wert im Übermaß. Mit den Worten, die reichlich hervorstürzten, kam unvermeidlich auch der gute Glaube. Karl versetzte sich in Haß und Furcht. Zuletzt hielt er in seinen zuckenden Händen einen blanken Dolch. Den aber bemerkten die beiden nicht, ihnen erschienen andere Gesichte.

Sie sahen den Feldherrn aus seinem Zelt treten, das Heer ringsum, und sie selbst hielten ihre Pferde schon am Zügel. Sogleich wurde in den Kampf und dem Feind entgegengeritten, fünfzehn Stunden ohne abzusitzen, herrlich, unermüdlich, wir fühlen den Körper nicht. Der Wind nimmt uns auf, wir fliegen, die Augen werden immer heller und schärfer, wir sehen so weit wie nie vorher, weil wir jetzt einen Feind haben. Dem Feind entgegenreiten, völlig schuldlos, rein und neu, während jener voll Sünden ist und bestraft werden soll! Das, und nichts anderes, war für sie der Admiral Coligny in der Stunde, da sie seinen Tod erfuhren. Henri dachte daran, daß seine Mutter Jeanne vertraut hatte auf den Herrn Admiral, jetzt aber lebten weder er noch sie. Da ließ Henri den tollen Karl toben, bis ihm die Stimme versagte, er aber setzte sich auf eine Truhe.

Karl wurde heiserer, herein drang, wie vorher, das heulende Mordgeschrei. Als Karl sich endlich in gewöhnlicher Stärke verständlich machen mußte, befahl er ihnen, ihrem Glauben abzuschwören: nur so könnten sie ihr Leben retten.

Condé rief sofort, daran wäre kein Gedanke, und der Glaube zählte höher als das Leben. Henri winkte ihm ungeduldig und beruhigte Karl: darüber ließe sich reden. Der Vetter indessen wollte durchaus den bisher versäumten Widerstand nachholen. Er riß das Fenster auf, damit das Sturmgeläut eindränge, und dahinein verschwor er sich, die Welt könnte untergehn, er aber bliebe dennoch treu der Religion.

Henri schloß das Fenster wieder; von dort ging er zu Karl, der mit seinem Dolch in der Hand vor einem festungsartigen Schrank stand: Querbalken, Kanonenkugeln aus schwarzem Holz und eiserne Beschläge. Henri näherte sich dem Tollen ruhig, aber fest, und sagte ihm ins Ohr: »Toll ist der da, mit seiner Religion. Sie, Sire, sind gar nicht toll.« Karl hob den Dolch, aber Henri schob seinen Arm beiseite. »Das laß nur, mein Herr Bruder!« Wie kam er grade auf das Wort? Karl, es hören, und er verlor den Dolch, der fiel und fortsprang. Die Arme um den Nacken des Freundes, Vetters, Schwagers oder Bruders schluchzte der Arme: »Ich hab es nicht gewollt.«

»Das kann ich mir denken«, sagte Henri. »Aber wer hat es dann gewollt?« Antwort gab nur, aus unbestimmter Entfernung, das heulende Mordgeschrei. Karl machte, mitten in seinem Weinkrampf, dennoch eine Bewegung nach einer der Wände, als ob sie Ohren hätten. So stand es, und auch diesmal mochte seine Mutter Madame Catherine ein kleines Loch gebohrt haben, nach ihrer Gewohnheit, um hier hereinzuspähn. Wahrscheinlich aber lauschte sie dem Mordgeschrei, denn man konnte nicht anders, ausgenommen war nicht einmal eine abgehärtete Mörderin. Sie watschelte und irrte durch ihre Zimmer, ihr Stock tastete unsicherer als sonst nach dem Boden. Sie prüfte die Festigkeit der Türen, sie schielte an ihren breiten, unerschütterlichen Wachen hinauf, wie lange die sie schützen würden. Verzweifelte Hugenotten, und wären es die letzten gewesen, kamen vielleicht auf den Gedanken, einzudringen und ihr noch schnell das teure alte Leben zu nehmen, bevor auch sie hinuntermußten. Das große, fahle Gesicht blieb ausdruckslos, die Augen ohne Glanz. Einmal trat sie zu einem Kasten und überzeugte sich, daß Pülverchen und Fläschchen in Ordnung wären. Die List blieb immer noch übrig, und selbst Leute, die eindrangen um zu töten, ließen sich am Ende bereden, vorher eine Erfrischung anzunehmen?

Henri lachte, er kicherte in sich hinein: das war unaufhaltsam wie das Schluchzen Karls. Das Komische wird durch Grausen noch komischer. Im Ohr hat man das heulende Mordgeschrei, vor dem Geist aber erscheinen die Schuldigen mit ihren Häßlichkeiten und Gebrechen. Das ist eine große Wohltat, denn am Haß würde man ersticken, könnte man nicht lachen. Henri erlernte in dieser Stunde, zu hassen, und es war ihm dienlich, daß er sich über das Verhaßte lustig machte. Dem düsteren Vetter Condé rief er zu: »He! Stell dir d'Anjou vor. Heult Tue! und kriecht dabei unter den Tisch.« Was zwar den Vetter düster ließ wie vorher, nicht aber Karl; dieser forschte begierig: »Wahr und wahrhaftig? Mein Bruder d'Anjou kriecht unter den Tisch?«

Das hatte Henri gewollt, mit den Gefühlen Karls für den Thronerben hatte er gerechnet. Es war gut, ihn auf den ungeliebten Bruder abzulenken, damit er vergaß, daß er hier seine hugenottischen Verwandten in seiner Gewalt hatte und daß er toll war. Besonders gegen dringende Gefahren ist das Komische gut: die Vorstellung lächerlicher Dinge kann Gefahren wenigstens vermindern. Henri, der in dieser Stunde den Haß erlernte, begriff zugleich den vollen Wert der Heuchelei. So rief er offen und ehrlich: »Ich weiß wohl, mein Herr Bruder, daß ihr alle es im Grund nicht böse meint. Ihr wollt euch die Zeit vertreiben, wie in einem Turnier oder Ringelspiel. Tue! Tue!« machte er nach und heulte auf eine Art, daß jedem die Lust vergehen mußte.

»Das ist deine Meinung?« sagte Karl auf einmal ganz erleichtert. »Dann will ich es dir nur gestehn: ich bin nicht toll. Sie lassen mir nur keinen anderen Ausweg. Bedenke, daß meine Amme eine Hugenottin ist, und daß ich seit Kindesbeinen eure Lehre kenne. D'Anjou will mich töten«, kreischte er, die Augen rollend, plötzlich wieder verdächtig nahe seiner Tollheit, ob sie nun echt oder unecht war. »Sterbe ich aber, dann räche mich, Navarra! Räch mich und mein Königreich!«

»Wir machen gemeinsame Sache«, bestätigte Henri ihm nachdrücklich. »Du wirst toll sein, wenn du mußt, und ich ein Narr, weil ich es wirklich bin. Soll ich dir gleich ein Kunststück zeigen? Ein hübsches Kunststück?« wiederholte er zögernd, wegen seines geheimen Zweifels, ob dies gut verlaufen würde. Im Rücken Karls hatte der festungsartige Schrank, Querbalken, Kanonenkugeln aus schwarzem Holz und Eisenbeschläge, sich unmerklich geöffnet: nur Henri sah es, und soeben erkannte er die beiden Gesichter, die hervorlugten. Er bedeutete ihnen durch Blicke, noch zu warten. Inzwischen machte er für Karl Hokuspokus mit den Händen, wie die Betrüger auf Jahrmärkten. »Du glaubst natürlich«, redete er im aufschneiderischen Ton solcher Leute, »wer tot ist, ist tot. Aber nicht wir Hugenotten: mit uns ist es nicht so schlimm. Sei beruhigt, Herr Bruder! Achtzig Edelleute habt ihr mir alles in allem umgebracht im Louvre, aber die ersten zwei sind schon wieder lebendig geworden.«

Er bewegte seine Hände, die zehn Finger schlängelnd, von oben nach unten über den Schrank hin, und dies aus einigem Abstand, um nicht zu nahe zu sein an dem Zauber, der vorgehn sollte. Auch Karl trat zurück, die Mienen voll Mißtrauen und Furcht. »Hervor!« rief Henri, weit auf sprang der Schrank, und schon lagen vor Karl auf allen ihren vier Knien d'Aubigné und Du Bartas. Es ging sehr schnell, der erste Schrei eines neuen Anfalles konnte so eilig nicht aus der

Kehle Karls; darum schwieg er und sah sie sich an, die Stirn in Falten. Sie lagen auf den Knien, der Rumpf des einen reichte um die Hälfte höher als der des anderen, aber beide hielten die Hände flach gegen die Brust, wie es sich geziemt für arme Vertriebene, die sich erlauben wiederzukehren aus Bezirken, woher es nicht erlaubt ist. Mit dumpfen Stimmen sprachen beide auf einmal: »Verzeihen Sie uns, Sire, daß wir das Reich Plutos verlassen haben! Üben Sie auch Nachsicht mit dem Nekromanten, der uns dazu bewog!«

Karl gab den Vorsatz, toll zu werden, für diesmal auf. Er setzte sich und sagte: »Ihr habt mir gerade noch gefehlt. Steht meinetwegen auf, aber was fang ich mit euch an? Es ist scheußlich.« Dies war sein vernünftigster Augenblick; alles Geschehene und was noch kommen sollte, widerte ihn einfach an und war ihm peinlich – wie es ihm auf seinem Bild gewesen wäre. Ein König aus ermüdetem Geschlecht, weiße Seide, der Seitenblick voll Argwohn und Überdruß, aber der Fuß wird angesetzt wie im Ballett. Karl der Neunte wendete die Hand halb um, die Fläche nach oben: damit gab er allen die Freiheit.

Sogleich machten sie von ihr Gebrauch. Du Bartas ging und schloß die Tür auf. D'Aubigné winkte nach einem der Fenster, wohinein jetzt heller Tag schien: »Unser Glück, daß es offenstand in der Nacht und daß niemand hier war.«

Von der Tür kehrte Du Bartas schnell zurück: er hatte hinausgesehn. Dann bewegte sie sich.

Das Wiedersehen

Die Tür bewegte sich, sie ging auf, herein trat die Königin von Navarra, Madame Marguerite von Valois, Margot.

Ihr Bruder Karl sagte: »Da bist du ja, meine dicke Margot.« Henri rief: »Margot!« Bei beiden war die erste unbewachte Regung nur Freude. Da stand sie, war nicht verlorengegangen, als so viele Hinterhalte und Mördergruben sich geöffnet hatten, und noch immer brachte sie mit sich ihre veredelte Schönheit samt dem Glanz, den das Leben anzustreben schien bis zu dieser Nacht. Beide, Karl und Henri, erschraken inmitten ihrer Freude: Ich war nicht bei ihr in der Gefahr! Wie kommt es, daß man ihr gar nichts ansieht?

Dies kam aber, weil Margot sich viel Blut und viele Tränen abgewaschen hatte vom Gesicht wie auch vom Leibe, bevor sie sich wieder zeigen konnte, gekleidet in Taubengrau und Rosenrot wie der neue Morgen, die Perlen schimmernd auf der zart blühenden Haut. Das hatte Mühe gekostet! Denn über ihr hatte angeklammert in Todesangst ein schon halb Ermordeter gelegen. Andere hatten zu ihr gefleht und gebetet als zu der Rettung am äußersten Rand, während sie ihr dabei aus großer Not das Hemd zerfetzten und sogar ihre schönen Hände nicht verschonten mit ihren Nägeln, die vor Angst ganz scharf waren. Ein Wahnsinniger wieder hatte vorgehabt, sie selbst zu töten, und zwar einzig und allein, weil er ihren lieben Herrn entsetzlich haßte. »Navarra hat mich geohrfeigt, dafür töte ich ihm sein Liebstes!« hatte Hauptmann Nançay gekeucht, nah, ganz nah bei ihr – schloß auch schon die ausgestreckte Kralle und glaubte sein Opfer gefaßt zu haben. Sie hörte sehr wohl noch jetzt, wenn sie es wollte, seinen rauhen Laut, roch seinen gierigen Atem und wußte wahrhaftig nicht mehr: Wie bin ich ihm entkommen – in meinem vollen Zimmer. Denn bis hinter dem Bett lagen sie, wälzten sich, tobten oder waren schon starr und stumm. Das alles trug sie mit sich in ihrem Innern, und erschien dabei hell wie der neue Morgen: so wollten es der Anstand und ihre Selbstbehauptung. Mein Herr soll mich lieben!

Sie versuchte Henri anzusehn, genau in die Augen – was ihr merkwürdig schwer wurde. Wider ihren Willen wich sie aus, bevor ihre Blicke beieinander anlangten. Übrigens verfehlte er selbst den ihren und sah an ihr vorbei, wie sie an ihm. Was ist es um Gottes willen? So kann es doch nicht sein. »Mein Henri!« und »Meine Margot!« sagten beide zugleich und gingen aufeinander zu. »Wann verließen wir uns denn? Ist es so lange her?«

»Ich«, sagte Margot, »blieb noch im Bett liegen und dachte zu schlafen, du standest auf.«

»Ich stand auf und ging hinaus mit meinen vierzig Edelleuten, die unser Bett umringt hatten. Ich dachte mit König Karl eine Ballpartie zu spielen.«

»Ich, mein lieber Herr, dachte zu schlafen. Es ist nun aber so gekommen, daß ich von Blut und Tränen ganz bedeckt wurde, mein Hemd und mein Gesicht. Sogar der Angstschweiß von Menschen fiel darauf. Das alles taten leider die Meinen. Sie haben die Deinen alle getötet, und da niemand so sehr dein ist wie ich, hätte ich besser getan, zu sterben. Ich bin aber zu dir gekommen über die Toten am Wege, und dies ist unser Wiedersehen.«

»Dies ist unser Wiedersehen«, sagte auch er, sehr traurig, und versuchte das eine Mal gar nicht, sich lustig zu machen. Sie hatte es fast von ihm erhofft: ein Junge wie er lacht besonders über das Grauen. Nein, erinnerte sie sich: denn hier bin ich selbst die Grauenvolle. »Ich, deine arme Königin«, hauchte sie ihm ins Gesicht. Er nickte und flüsterte: »Du, meine arme Königin, bist die Tochter der Frau, die meine Mutter getötet hat.«

»Und du liebtest mich viel zu sehr, viel zu sehr.«

»Jetzt hat sie mir alle getötet.«

»Und du liebst mich gar nicht mehr, gar nicht mehr.«

Da hätte er die Arme weit geöffnet für Margot, hingerissen von ihrer Stimme allein, denn er sah sie nicht an, er hielt die Lider gesenkt. Die Bewegung war in seinem Innern schon geschehn; noch ein Hauch von ihr – aber der blieb aus. Fühlte sie: ich kann nicht, ich darf nicht, oder: es hält nicht vor. Ich hab ihn verloren? Sie trat von ihm fort, und nachdem sie sich über die Stirn gestrichen hatte, sagte sie laut für alle: »Ich komme zu meinem Herrn Bruder. Sire, ich bitte Sie um das Leben mehrerer Unglücklicher.« Damit ließ sie sich vor Karl dem Neunten auf die Knie nieder, nicht ohne Zeremoniell: die Leidenschaft einer Flehenden, aber verkleidet in den feierlichen Anstand, wie Könige ihn überall finden müssen. »Sire! Gewähren Sie mir das Leben des Herrn de Léran, der blutend aus mehreren Stichwunden in mein Zimmer stürzte, als ich noch lag, und der aus Angst vor seinen Mördern mich umschlungen hielt, bis wir hinter das Bett fielen. Gewähren Sie mir auch das Leben Ihres Ersten Edelmannes de Miossens, eines so würdigen Mannes, und des Herrn von Armagnac, der bei dem König von Navarra Erster Kammerdiener ist!«

Sie sprach in aller Form zu Ende, obwohl Karl ihr alsbald ins Wort fiel. Er hatte sich doch gefreut über ihre Rettung? Ja, und dann hatte sich unaufhaltsam wieder in ihm ausgebreitet das Höchstmaß von Überdruß. Nichts anderes empfand er und nahm er wahr, indessen Henri und Margot ihr Wiedersehen begingen. Dabei bewohnten sie eine Welt für sich, und Karl die seine. Plötzlich bemerkt er, daß jemand von ihm etwas will: seine Schwester – und die beobachtet ihn, sie spioniert ihn aus und hinterbringt nachher ihrer Mutter, was er gesagt hat, welche Miene er trug! Daher wechselt er das Gesicht, er läßt es feuerrot werden, das kann man; die Stirnader schwillt ihm, die Augen rollen um einen so großen Teil des Kreises, wie es irgend zu erreichen ist. Zuckungen der Glieder und des Kopfes sowie auch Zähneknirschen tritt ein, und alle Vorbereitungen wohl getroffen, brüllt er los. »Von dem allen kein Wort mehr, solange noch ein einziger Ketzer am Leben ist! Bekehrt euch!« brüllt er die Anwesenden an; denn vier überlebende Hugenotten hat er bei sich im Zimmer, ihm verdanken sie, daß sie noch von dieser Welt sind, und seine Mutter wird es erfahren.

Henri will den Vetter Condé schnell noch zurückhalten: vergebens, der setzt seine Ehre darein, die ganze Stimme aufzuwenden, wie Karl. Über seinen Glauben schuldet er niemandem Rechenschaft als nur Gott, und die Wahrheit verleugnet er auch unter Drohungen nicht! Worauf Karl, ausgesprochen toll, körperlich gegen ihn losgeht. Du Bartas und d'Aubigné halten ihm kniend die Beine fest, und er brüllt: »Aufrührer! Empörer und Empörerssohn! Wenn du in drei Tagen nicht anders redest, laß ich dich erdrosseln.« Er gab ihm drei Tage Frist, was man Vorsicht nennen konnte, in Anbetracht von so viel Tollheit. Navarra, allen Protestanten bei weitem verantwortlicher als sein Vetter, machte es dennoch wie das erstemal: sanft wie ein Lamm, versprach er seinen Übertritt – und dies sogar nach geschehener Metzelei. Aber er dachte auch nicht daran, sein Wort zu halten, als er es Karl verpfändete, und Karl wußte es wohl. Sie gaben einander ein kleines Zeichen mit den Augen.

»Ich will mich am Anblick meiner Opfer weiden!« verlautbarte der wahnsinnige Herrscher der Mordnacht und schonte dabei seinen Hals nicht. Wer vielleicht in der Nähe war, Wachen, Edelleute, Neugierige vom Hof oder Gesinde, alle sollten bezeugen können, daß Karl der Neunte zu seinen

Taten stand und seine Opfer nunmehr beaugenscheinigte. Indessen noch auf der Schwelle streifte seine Hand, wie von ungefähr, die Hand seines Schwagers Navarra, und der war der einzige, der Karl flüstern hörte: »Scheußlich, scheußlich. Laß uns zusammenhalten, Bruder!« Dann wurde er endgiltig, der er sein mußte: der grausame Karl der Bartholomäusnacht – und genoß seine Toten, die ersten, die gleich hinter seiner Tür hingestreckt worden waren, sowie alle andern weiterhin am Wege. Er schob ihre des Fühlens überhobenen Glieder mit dem Fuß beiseite und trat auf ihre Köpfe, die erleichtert waren von allem Widerstand, allem Haß. Er stieß dabei genug Flüche und Drohungen aus; es lag nicht an ihm, daß niemand sie hörte außer seinen paar stummen Begleitern. Kein Lebender zeigte sich, denn sehr müde macht das Mordgeschäft, nachher schlafen sie oder trinken. Die Toten waren unter sich.

Sie schienen zahllos, wie Lebende es niemals sind. Diese werden sich nach jeder Ansammlung wieder zerstreuen. Die Toten harren aus, ihrer ist das Erdreich und alles, was hervorwächst an Gestalt und Schicksal, eine Zukunft, so unermeßlich, daß sie ewig heißt. Agrippa d'Aubigné begann zu sprechen.

»Nicht fern ist uns der Tod. Dann erst ist uns gegeben
Ein Leben ohne Tod, nicht mehr ein falsches Leben.
Gerettet ist das Leben, der Tod er ist besiegt.
Wer will nie sicher gehn, wer möchte immer scheitern?
Wem macht die schwere Fahrt noch Lust, sie zu erweitern,
Wer ist nicht froh, wenn er zuletzt im Hafen liegt?«

Er sprach gedämpft im Sinn der Toten, deren Leben sich durch alle Zeit erstreckt, weshalb es verlangsamt und eben sehr gedämpft ist. Laut sind die Flüche eines Tollen. Henri kannte die Verse: Agrippa hatte sie zuerst gesprochen in seiner Hochzeitsnacht, bevor der lange Zug sich bildete und Karl der Neunte mit seinem ganzen Hof ihn zum Beilager geleitete. Dies war ein anderer Zug, obwohl er nach demselben Zimmer führen sollte. Henri sah sich nicht um nach Margot.

Sie ging zwischen den andern Männern, die sich um sie nicht bekümmerten, und eigentlich kam sie zuletzt. Niemals in ihrem Prinzessinnendasein war Madame Marguerite sich einer so geringen Bedeutung bewußt geworden wie hier, auf dem Gang eines Tollen und mehrerer Geschlagener zwischen den Reihen der Toten. Welchen unbegreiflichen Ausdruck manche hatten: erstaunt, ja beschämt von zuviel Glück. Aber andere waren dafür gänzlich entseelt und ein für alle Male zur Hölle gefahren: das unterschied Madame Marguerite, und einmal bemerkte sie es an einem ihrer früheren Geliebten, da wurde sie schwach. Du Bartas fing sie auf, und halb von ihm getragen setzte sie weiter die Füße.

Bei einem Kamin hielten zwei einander aufrecht – hatten einander erdolcht, und noch umarmten sie sich. Manchmal waren die Protestanten nicht wehrlos überrascht worden, dann hatten sie von ihren Angreifern so viele wie möglich mitgenommen. Eine Frau lag, des Lebens beraubt, über einem Mann, dem sie es wohl zu retten war gesonnen gewesen. Auch die konnte nichts, denkt Margot, halb getragen, die Füße schleifend. Konnte nichts. Ich konnte nichts, denkt sie. Über ein Geländer aber hing ein dicker Koch, seine weiße Mütze war ihm vom Kopf gerutscht und die Treppe hinabgerollt. Genau in der Stellung hatte Henri diesen Mann oder einen andern auch das vorige Mal überrascht: damals war er betrunken, jetzt ist er tot. Übrigens aber macht das zwei Orgien, die der Hochzeitsnacht und dann diese. Sie kommt später um sechsmal vierundzwanzig Stunden, nun war sie auch gründlicher und hinterläßt Überreste und Gesichte – äußerlich scheinen es oft die gleichen, sind aber anders gemeint.

Henri geriet ins Gleiten auf vergossenem Blut, fuhr aus Träumen auf und blickte in das ausgelöschte Gesicht des jungen La Rochefoucauld, des letzten Abgesandten seiner Mutter. Hier hielt er sich nicht länger, er schluchzte auf. Hinter vorgehaltenen Händen, wie ein Kind, schluchzte er: »Mama!« Seine Freunde gaben sich nicht den Anschein, als hörten sie ihn. Karl spielte den Wüterich, und war es vielleicht wirklich geworden auf dieser Reise durch die Unterwelt. Margot sagte leise, nur für Henri: »Ihn konnte ich nicht mehr retten. Fast hatte ich ihn schon in unserer Tür, da entrissen sie ihn mir und töteten ihn.« Sie wartete: Antwort kam nicht. Henri hatte einen zu weiten Weg gemacht bis zu der jetzt erreichten Tür, hatte ihn ohne Margot gemacht, machte auch keinen Weg des Lebens je wieder mit ihr als derselbe. Vor dieser Tür, die bezeichnet wurde durch die Leiche des jungen La Rochefoucauld, traf ein andrer Henri ein, als daraus fortgeeilt war auf leichten Füßen.

Dieser wußte. Dieser hatte das Mordgeschrei durch das Schloß Louvre heulen gehört eine Nacht lang. Dieser hatte in die Gesichter seiner toten Freunde geblickt, er hatte Abschied genommen von ihnen und dem befreundeten Beisammensein der Menschen – vom freien, offenen Leben. Ein einiger Haufe von Berittenen, Pferd an Pferd gedrängt, dazu ein geistliches Lied, indes vom Feld die hübschen Mädchen herbeiliefen: so froh und flüchtig eilte man dahin unter den eilenden Wolken. Aber mit dem Schritt des Besiegten, Gefangenen wird er in dies Zimmer treten. Wird sich fügen, ein Verwandelter sein unter dem trügerischen Schein des ehemaligen Henri, der reichlich lachte, immer liebte und niemand hassen konnte, vor keinem auf seiner Hut war. »Wen seh ich da zu meiner Freude bei voller Gesundheit! Nançay, guter Freund, welch ein Glück, daß wenigstens Ihnen nichts zugestoßen ist! Manche haben sich gewehrt, wissen Sie, als die guten Leute dran glauben sollten. Hat ihnen nichts geholfen, und geschieht ihnen recht. Wer geht denn auch so dumm in die Falle? Hugenotten allein bringen das fertig. Ich nicht, ich war schon öfter katholisch als Sie, Nançay, und werd es jetzt wieder mal. Denken Sie noch daran, wie meine Leute mich aus dem Brückentor fortzerren wollten? Ich aber wollte herein zu meiner Königin und ihrer bewundernswerten Frau Mutter, wo ich auch hinpasse. Ihnen, Freund Nançay, mußte ich einen Schlag geben, damit Sie mich einließen: dafür umarme ich Sie jetzt.«

Das tat er wirklich, bevor der Hauptmann sich des Liebesbeweises versah. Kein Recken und Strecken nützte, auch den Kuß auf beide Wangen empfing er, obwohl mit lautem Zähneknirschen. Noch hatte er sich nicht ganz besonnen, schon war der gewandte Schlingel anderswo hingeraten.

Henri befand sich in dem Zimmer, das Margot aufgeschlossen hatte. Die Tür wurde, so breit sie war, von Karl verstellt. Karl ließ niemand ein, während er im Gegenteil schrie, man sollte kommen und den hier noch aufbewahrten Protestanten den Rest geben. De Miossens, Erster Edelmann, lag vor dem Wüterich auf seinen steifen Knien, nicht wie einer der sterben soll, sondern eher mit dem Ausdruck eines alten Beamten, dem der vorzeitige Ruhestand droht. D'Armagnac, ein Edelmann als Kammerdiener, geruhte nicht sich zu beugen. Er hatte einen Fuß vorgeschoben, er hielt den Kopf im Nacken und preßte die Hand auf die Brust. Das Bett aber trug ein weißes, blutbeflecktes Bündel, woraus ein Paar junger feuchter Augen blickte. »Wer ist das?« fragte Karl und vergaß zu schreien.

Der Kammerdiener antwortete: »Herr Gabriel de Lévis, Vicomte de Léran. Ich habe mir erlaubt, ihn zu verbinden. Zwar hatte er schon das ganze Bett blutig gemacht. Den anderen, Sire, half kein Verband mehr.« Mit einer Bewegung, die Schmerz und dennoch die Verachtung des Todes vorführte, zeigte er auf mehrere Leichen.

Karl starrte sie an, dann hatte er gefunden, was er brauchte: »Diese ungläubigen Hunde«, schrie er, »haben das Zimmer der Prinzessin von Valois, meiner Schwester, mißbraucht, um sich darin ermorden zu lassen. Fort mit ihnen auf den Schindanger! Nançay, fort!« Worauf dem Hauptmann nichts anderes übrigblieb, als mit seinen Leuten die Toten hinauszutragen. Karl deckte inzwischen in ganzer Person die Überlebenden. Sobald die Soldaten um die Ecke waren, schnaubte er de Miossens und Armagnac an und rollte schrecklich die Augen: »Fahrt zum Teufel!« Das ließen sie sich gesagt sein. Auch Du Bartas und d'Aubigné ergriffen die Gelegenheit. Karl selbst schloß hinter ihnen allen die Tür.

Er sagte: »Ich verlasse mich auf die Gascogner: die bringen den guten Miossens mit durch, so daß ihnen unterwegs kein Unfall zustößt. Margot, wenn du unserer Mutter berichten wolltest, daß ich Hugenotten verschone, dann weiß ich von dir noch mehr. Dort liegt einer auf deinem eigenen Bett.« Mehr für sich selbst sagte er: »Neben ihm ist noch Platz: Warum sollte ich nicht? Ich bin nicht besser daran als er.« Und er legte sich zu dem weißen Bündel, auf die Decke voll Blut. Alsbald wurden sein Gesicht und Atem wie die eines Schlafenden. Henri und Margot sahen gleichwohl unter seinen Lidern die Tränen hervorlaufen. Auch aus den Augen des jungen de Léran fielen noch Tropfen, als er sie schon geschlossen hatte. So lagen beieinander und ruhten zwei Opfer dieser Nacht.

Das Ende

Margot ging zum Fenster und sah durch die Scheiben. Sie nahm in ihr Bewußtsein nichts auf: sie wartete einzig, daß Henri käme. Er wird mir in den Nacken sprechen, daß wir nur geträumt haben. Er wird sich lustig machen über alles andere, wie gewöhnlich, und im Ernst wird es ihm ganz allein zu tun sein um unsere Liebe. Nos belles amours, dachte sie mit seinen Worten. Aber mit ihren eigenen mußte sie denken: Unser Bett ist voll Blut. Wir sind hierhergegangen zwischen seinen ermordeten Freunden. Meine Mutter hat mich zu seiner Feindin gemacht. Er haßt mich. Ihn hat meine Mutter in einen Gefangenen verwandelt. Ich kann ihn nicht achten. So soll das Ende sein.

Indes sie aber das Ende überlegte, begann ihre unwiderstehliche Hoffnung einfach von vorn: Er wird mir in den Nacken sprechen, daß wir nur geträumt haben. Nein! entschied sie. Wie könnte er es denn, als Mann, der er ist, und mit dem kindischen Stolz, den sie haben. Hinter mir sitzt er gewiß, wendet mir den Rücken und ist gewärtig, daß ich ihn unversehens küsse. Bin ich doch sowohl gelehrter als erfahrener und überdies eine Frau. Mir überläßt er den Fortgang der Dinge, und mir wird wohl noch gelingen, einem Knaben weiszumachen, daß alles, was wahr ist, nicht wahr ist! Gleich fang ich an.

Statt dessen wurde ihr, bevor sie sich umdrehn konnte, der ungeheure Lärm bewußt. Alle Glocken von Paris setzten ihn ins Werk; nur eine, die einmal früher tief und dumpf gebrummt hatte, blieb jetzt stumm; war zufrieden, die erste gewesen zu sein, und nach vollbrachter Tat schwieg sie. Wie stürmisch aber die Glocken läuteten, hindurch drang das Mordgeschrei. »Hoch Jesus! Alles totschlagen! Tue! Tue!« heulte draußen das Mordgeschrei. Margot: ein Blick auf Platz und Gassen, sie taumelt zurück. Gelehrt und erfahren, nur daran hatte ich nicht gedacht. Was ist da zu machen – mein Kind, mein Schmerzenskind?

Sie wendete sich in das Zimmer: er war nicht hier. Die beiden auf dem Bett stöhnten aus ihrem Schlaf, beide träumten ihre eigene Hinrichtung, die vollzogen wurde beim Lärm aller Glocken und beim Heulen des Mordgeschreis. Die Geräusche waren auf einmal mitten ins Zimmer versetzt, sie bohrten den Kopf mit Schrauben an. Man meinte in einem Sturm zu stehn, man taumelte und wurde gepackt vom Entsetzen. Es kam daher, daß im Nebenzimmer das Fenster geöffnet worden war. Dort hinein war Henri gegangen. Nicht dies alles hören und sehen mit Margot zusammen, sondern allein! War hinübergegangen durch die fortgestoßene Tür in das Zimmer, das hergerichtet war für seine Schwester und wo der Admiral einst hätte geborgen werden sollen vor seinen Mördern. Margot senkte machtlos die Schultern: Über die Schwelle dort, leider nein. Zu ihm, nicht mehr.

Er hörte und sah. Der Platz drunten wimmelte von Menschen, die aus den Gassen herzudrängten – alle tätig, keiner als müßiger Zuschauer. Ihr Geschäft war überall das gleiche: töten und sterben; und es geschah mit der höchsten Emsigkeit, dem Schwung der Glocken vergleichbar und angepaßt dem Takt des Mordgeschreis. Pünktliche Arbeit, und dennoch wieviel Abwechslung und Eigenheit! Ein Kriegsknecht schleifte einen alten Mann ordentlich an die Leine gebunden über den Boden, damit er ihn in den Fluss würfe. Ein Bürger erschlug einen anderen mit Sorgfalt und Genauigkeit, dann lud er ihn sich auf und trug ihn zu einem Haufen, wo schon alle nackt waren. Das Volk entkleidete die Toten: das war

Sache des Volkes, nicht der ehrbaren Leute. Jedem das Seine. Ehrbare Leute entfernten sich eilig mit schweren Geldsäcken; sie kannten in den Häusern der andersgläubigen Nachbarn den Ort, wo etwas aufbewahrt wurde. Manche trugen ganze Truhen, wozu sie wieder die Schultern des Volkes benötigten. Ein Hund leckte seiner erstochenen Herrin die Wunde, der gerührte Mörder mußte ihn streicheln, bevor er zum Folgenden schritt. Denn sie haben auch ein Herz. Sie morden vielleicht im Leben nur einen Tag, aber Hunde verziehen sie alle Tage.

Am Ende einer Gasse war ein Hügel sichtbar, darauf drehten sich die Flügel einer Windmühle, jetzt und immer. Die Brücke über den Fluß würde ins Freie führen, könnte man nur flüchten. Ein Gedränge Flüchtender fiel auf der Brücke unter den Schlägen der Wache. Denn die Wache war unter der Führung von Berittenen zur Stelle und sorgte für die Erhaltung der Sicherheit. Fußvolk und Reiter bewegten sich bequem in den Abständen, die jeder Mordende zwischen sich und den Nächsten offenließ. Man braucht Raum, wie auch die Biene ihn haben muß für ihre Emsigkeit. Wäre nicht all das Blut gewesen und noch einiges andere, besonders der höllenmäßige Lärm: aus einer gewissen Entfernung hätte man meinen können, diese guten Leute wären auf einer Wiese beschäftigt mit Blumenpflücken. Jedenfalls blaute über ihnen der Himmel in sonnigster Heiterkeit.

Sie sind genau, dachte Henri. Warum so peinlich unterscheiden zwischen denen mit den weißen Abzeichen und den anderen – wenn man schon töten will? Muß man, um das Vorrecht des Tötens zu haben, durchaus ein Weißer sein? Aber sie töten nicht für sich, sondern für andere, im Auftrag, um der Sache willen: das macht ihnen das gute Gewissen. Bei aller ihrer Wildheit, die ganz wie eine befohlene Wildheit aussieht, bleiben sie ordentlich und arbeitsfroh. Dort errichten einige einen Galgen. Sie werden damit fertig sein, wenn schon alle tot sind, und können nur Leichen daran hängen. Das stört sie nicht, tun sie es doch nicht für sich selbst. Niemals handeln sie für sich: das will ich mir merken. Wie leicht man sie zum Schlechten und Schädlichen bringt! Schwerer wird es halten, etwas Gutes von ihnen zu erreichen. Ehrbare Leute und Volk – zusammen ergibt das, wenn die Gelegenheit günstig ist, das gemeine Pack –, dachte Henri, und dasselbe Wort war im Gehirn des sterbenden Coligny das letzte gewesen.

Vereinzelt trat auch der helle Wahnsinn öffentlich auf. Er stolzierte über den Platz, ohne sich weiter nützlich zu machen bei dem allgemeinen Geschäft: nur seine Stimme kreischte unverkennbar. »Laßt zur Ader! Nur immer zur Ader lassen! Die Ärzte sagen, daß im August ein Aderlaß so gut ist wie im Mai.« Das rief allen Tätigen zu ein Herr de Tavannes, selbst faßte er nichts an. Dafür hatte er mit Madame Catherine im Rat gesessen, als dies Unternehmen beschlossen wurde, und war im Rat sogar der einzige Franzose gewesen.

Jetzt aber wird aus der Gasse jemand herbeigeführt von einem allein arbeitenden Weißgardisten, der ganz für sich pflichtbewußt heult: »Tue! Tue!« Henri will aufschrein, der Laut kommt nicht. Er will eine Bewegung machen, eine Waffe holen und hinunterschießen. Ach, umsonst, auf Erden sind Geopferte und Henker. Der dicke alte Mann, mein Lehrer Beauvois, hat sich nicht schleppen, nicht stoßen lassen, er ist anständig mitgegangen mit den Heulenden. Er ist ein Philosoph und hält das Leben nur soweit für wünschbar, wie die Vernunft reicht. Herr de Beauvois, was tun Sie? Hinknien in Ihrem Faltengewand, gefaßt und voll Erkenntnis. Die Handflächen aneinanderlegen und geduldig warten, bis der Henker das Schwert gewetzt hat. Herr de Beauvois, mein guter Lehrer!

Henri ließ sich zu Boden fallen, das Gesicht versteckte er im Arm und sah daher nicht, wie glatt dem dicken alten Mann der Kopf abgeschnitten wurde. Ihm blieb auch unbekannt, daß aus dem nächsten Haus eine Frau gerannt kam mit einem Gefäß: darin fing sie das hervorschießende Blut auf und soff es.

Als Henri zu sich kam, fand er die Tür nach dem ehelichen Zimmer geschlossen. Margot hatte sie geschlossen.

Moralité

Trop tard, vous êtes envoûté. Les avertissements venant de toutes parts n'y font plus rien. Les confidences du roi votre beau-frère restent sans écho et les inquiétudes de votre bien-aimée n'arrivent pas à vous alarmer. Vous vous abandonnez à votre amour tandis que les assassins eux-mêmes ne voient qu'en frissonnant de peur, autant que de haine, approcher la nuit sanglante. Enfin vous la rencontrez, cette nuit-là, comme vous auriez fait d'une belle inconnue: et pourtant déjà. M. l'Amiral avait succombé, presque sous vos yeux. N'est-ce pas que vous saviez tout, et depuis longtemps, mais que vous n'aviez jamais voulu écouter votre conscience? Votre aveuglement ressemblait en quelque sorte à cette nouvelle démence sujette à caution de Charles IX. Il l'a choisie comme refuge. De votre côté, vous vous étiez refusé à l'évidence pour établir votre alibi d'avance. A quoi bon, puisque alors vous deviez tomber de haut et qu'il vous faudra expier d'autant plus durement d'avoir voulu être heureux sans regarder en arrière.

Zu spät, Sie sind behext. Die Warnungen von allen Seiten können nichts mehr daran ändern. Die vertraulichen Mitteilungen des Königs, Ihres Schwagers, bleiben ohne Widerhall, und die Befürchtungen Ihrer Geliebten vermögen Sie nicht zu erschrecken. Sie geben sich ganz Ihrer Liebe hin, während selbst die Mörder nur zitternd vor Angst wie vor Haß die blutige Nacht herannahen sehen. Schließlich begegnen Sie ihr, dieser Nacht, wie einer schönen Unbekannten: und dabei war doch schon der Herr Admiral fast vor Ihren Augen umgekommen. War es nicht so, daß Sie alles bereits wußten, und zwar seit langem, aber daß Sie niemals auf Ihr Gewissen hatten hören wollen? In gewisser Hinsicht ähnelte Ihre Verblendung diesem neuen verdächtigen Wahnwitz Karls IX. Er wählte ihn als Zuflucht. Sie dagegen hatten sich der offensichtlichen Wahrheit verschlossen, um sich im voraus ein Alibi zu verschaffen. Wozu, da Sie nun von hoch oben herabstürzen sollten und um so härter für den Wunsch werden büßen müssen, glücklich zu sein, ohne rückwärts zu schauen.

(Übersetzung: Kurt Stern)

Heinrich Mann

Studienausgabe in Einzelbänden

Herausgegeben von Peter-Paul Schneider

Der Atem
Roman
Band 5937

Die Armen
Roman
Band 12432

Empfang bei der Welt
Roman
Band 5930

Ein ernstes Leben
Roman
Band 5932

Es kommt der Tag
Essays
Band 10922

Flöten und Dolche
Novellen
Band 5931

Geist und Tat
Franzosen 1780-1930
Essays
Band 12860

Der Haß
Deutsche Zeitgeschichte
Band 5924

Die Göttinnen
Die drei Romane der Herzogin von Assy
I. Band: Diana
Band 5925
II. Band: Minerva
Band 5926
III. Band: Venus
Band 5927

Im Schlaraffenland
Ein Roman unter feinen Leuten
Band 5928

Die Jagd nach Liebe
Roman
Band 5923

Die Jugend des Königs Henri Quatre
Roman
Band 10118
Die Vollendung des Königs Henri Quatre
Roman
Band 10119

Die kleine Stadt
Roman
Band 5921

Macht und Mensch
Essays
Band 5933

Mut
Essays
Band 5938

Professor Unrat oder Das Ende eines Tyrannen
Roman. Band 5934

Sieben Jahre
Chronik der Gedanken und Vorgänge
Essays. Band 11657

Stürmische Morgen
Novellen
Band 5936

Der Untertan
Roman
Band 10168

Ein Zeitalter wird besichtigt
Band 5929

Zwischen den Rassen
Roman
Band 5922

Fischer Taschenbuch Verlag

fi 234 / 5

Heinrich Mann

Die kleine Stadt

Roman

440 Seiten. Leinen

Die kleine Stadt liegt in Italien. Alles beginnt mit dem Erscheinen einer Theatertruppe in der kleinen Stadt. »Unsere Ankunft«, so der jugendliche Held und Liebhaber der Truppe, »hat belebend gewirkt auf die Einwohner dieser Stadt, auf einmal ist ihnen der Mut gekommen, ihre Laster in Freiheit zu setzen«. Es beginnt ein Fastnachtstreiben, ein Liebes- und Rüpelspiel, heiter und böse, zart und leidenschaftlich. In seltsamen, manchmal gespenstischen Reigen verbinden sich die Schicksale der fahrenden Künstler und der Kleinbürger – Kunst und Leben, das große literarische Thema der Jahrhundertwende klingt an. *Die kleine Stadt* ist ein utopischer Gegenentwurf zur politisch unmündigen Gesellschaft der Wilhelminischen Ära. »Was hier klingt«, schrieb Heinrich Mann zu diesem Roman, »ist das hohe Lied der Demokratie. Es ist da, um zu wirken in einem Deutschland, das ihr endlich zustrebt. Dieser Roman, so weitab er zu spielen scheint, ist im höchsten Sinn aktuell.«